涼家婦女

顏理謙——著

目錄

輯二——兩人生活

輯三——日光燈下

輯四——夢境之間

推薦序

大風吹吹什麼，吹不被愛的人，都變成了鬼

吳曉樂

讀《涼家婦女》的過程，不斷地在思考著一個問題：可以這樣揮霍才華嗎？像是一口氣給許多人偏點上眼睛，也像是一顆顆玲瓏墨水心，納在黑漆描金嵌染牙妝奩，一眼就望盡人事流離、情變故。八十八篇小故事，袖珍，而貴重，顏理謙道盡愛情之中，那些微小而確實的恐怖，適宜收在隨身小包裡，隨著捷運車廂搖晃，或是清歡的黃昏，展開書，短則一首歌，長則一場夢，有香燭被點燃，有誰催了開路符，觀落陰正式開始，你墜落到顏理謙的文字所造築的微暗世界，上一秒是前世今生，下一瞬是冤親債主。遠著一段距離旁觀，有人在感情裡蹉跎，有人被摯愛錯過，有人在本傳活成了朱砂痣，番外篇竟成了牆上刺目的蚊子血。那麼多故事，那麼多把椅子，你很難不找到一張，上頭寫了你的名字。你不勝惶恐

地坐下，憶起那些年自己撞的鬼，有誰可以宣稱，自己不曾起心動念，要好好超度曾在愛情裡小死一回的自己。

《涼家婦女》也讓人聯想到日本長壽節目《世界奇幻物語》，畫面生動，情節鋪張懸疑，彷彿有人手持銀針鵝毛，有一搭沒一搭地刮你的心窩，你知道大事即將不妙，卻又忍不住睜一隻眼閉一隻眼，凝神收看，哎呀，要死了，人物之間的心聲與對白，你絕對聽過，甚至，你也這樣揣測過。網路上曾有一句話：真愛就像鬼故事，很多人聽過，卻沒人目睹過。這本書提醒你，如果真愛像鬼故事，那麼，敷衍虛應的情感，無非抽掉那個「像」，它，是鬼故事本身。愛情比民雄鬼屋、信林醫院更常鬧鬼，偶爾，人在家中坐，鬼從門外來，鬼是你的密友，是你不曾提防過的性別，亂一點，再亂一點，說不準有誰婚後多年，才後知後覺，朝朝夕夕的枕邊人，原來也是鬼。童年時玩鬼抓人，長大以後，卻得鼓起勇氣，在愛情裡伸手找鬼摸鬼，起身打鬼。最後一張底牌揭曉之前，沒人可以擔保，笑到最後一刻的是誰。我們都期待，在別人的故事裡當一次好人，顏理謙則寫出了平行時空裡，修煉失敗、成為怨魂厲鬼的身影。但，別緊張，並不駭人的。就像我一位朋友曾說，得知鬼是人變成的以後，從此聽到鬼，多少滲了些物傷其類的心思。《涼家婦女》明面是鬼故事，暗面是渴望被愛的徬徨與落空。

我也貪看她所調度的場景，有時是家，有時是茶水間，有時是社群媒體上四四方方的貼文。看得出她對摩登生活的瞭若指掌，也讓置身其中的我們，有了圍城般的念想。顏理謙的風格，更隱約暗示了童話凋零，看不見國色天香，哼歌就會有小鳥停駐指尖的少女，也尋不著騎著白馬的瀟灑少年，只有被各式物質慾望給折騰，疲憊不堪、心思腫脹的凡人。她透過這些角色，清晰地描勒，一生一世至死不渝的教義早已失卻了信徒，人們更情願買單另一種安身立命的蹊徑：普通的人，在普通的時機場合，目睹普通的愛，緩緩嚥下最後一口氣。是了，我們正處於疲於抒情的後抒情時代，亮澄澄的黃金已枯竭，我們不妨從森森白骨考掘出最哀豔的幻覺。

推薦序

寫一些短短的東西來做抵抗

鄧九雲

最近一直在想，有天我一定要用這個標題當書名。

那便會成為我抵抗的最大值。但說真的，我根本不知道自己在抵抗什麼。有了智慧型手機，二十四小時的自媒體，社會上充斥著手寫再製的金句與超譯，這是一個關鍵字的閱讀時代。已經夠短了，不是嗎？

有些人自以為殺出血路。在ＩＧ就是要塞爆兩千字極限。臉書三千字起跳，讓人無法用食指滑兩下就到底，至少要三次，或四次噢。占據了別人的手機版面，好似就可以假裝占據一個人。不過這些人也不是敵人，或許更像戰友。但我怎麼可能將自己十幾萬字的長篇小說這樣蠻幹，就算是連載也捨不得。畢竟寫的是女人，最好捧在手心細讀，否則，否則，鬼就會來了。是真的，像這裡面的涼家婦女，每個都是一枝花，不過誤食就會讓你變殭屍（知道我在說哪一部韓劇吧？）

當我正在苦惱自己的個版，快變成眾編輯們的推書平台時，我不爭氣在心裡小聲默許了一個誓——小說寫完前不接任何書稿推薦文了。然後《涼家婦女》就這樣像鬼一樣飄進我的信箱。所以說發誓要記得大聲宣告，否則就該乾脆永遠不要打開信箱。我立刻回說，這些短短的東西，我喜歡耶。過了一天，就收到用泡泡紙包好溫熱的稿，幾乎以為是剛剛叫的外送便當。不知為何，打開泡泡紙的時候，肚子狠狠叫了一聲。

如果《涼家婦女》是一本長篇小說或是散文，我就不會在這了。這也是一本抵抗的啊。雖然不認識作者，但看她的學歷，我猜她肯定讀過川端康成的掌中小說。我大膽臆測，她的短書寫動機肯定比我還複雜，她要抵抗的東西可多了——浪漫，甜寵，感人，揪心，童話，神話，鬼話。而我只不過在抵抗自己的長篇小說罷了。於是，我也想回應兩篇短短的東西給她，讓我們繼續抵抗到底。

•

女作家是敏感體質。最困擾的是她的過敏原一直在改變。譬如已經好一陣子，她只要一看到「爬梳」這個詞，眼睛就會很癢。如果聽見有人在談話時說出這個詞，她會狠狠連打好幾個噴嚏。雖然她喜歡有畫面的詞彙，譬如一個人一邊攀岩一邊拿著梳子梳順自己一頭打結的亂髮。但困擾她的是這詞往往並沒有用在寫作裡，而是用在介紹作者或評論作品的文章裡。女作者覺得這詞有種把寫作浮誇了的嫌疑，誰不是在腦子裡千頭萬緒中理出線頭，一字一句穿在word上的嘛？當然也常有理不好，走著走著又打結的時候。怎麼能就用兩個字把這過程描述的如此從容又安靜呢？

對她來說，寫作是很暴力的一件事。任何把事實過度美化的行為都是一種矯情。更何況，還聽見很多作者，直接從口中吐出這詞彙，什麼我爬梳我的童年，爬梳我失戀的過往。她又忍不住連打了好幾個噴嚏。

這種對某單詞過敏的感受，會無限蔓延到她自己用字的習慣與傾向。她開始有意無意自動淘汰掉帶有造作、補光打亮、過度修飾的詞語。只要她說話時不用的文字，她就不寫。慢慢的她發現自己不再因為絞盡腦汁選用文字，或是刻意迴避文字而感到前所未有的自由與暢快。自從文字脫敏後，書寫對她而演就寫再也不是一件暴力的事了。根本沒有人發現她的改變，大家都覺得女作家的故事，越來越好看了。

他們的玻璃缸裡，有三隻烏龜。大的那隻來得比較早叫小劉，另外兩隻來得晚一些都叫小香。小孩出生的時候，他們把兩隻小香，分成小香與小小香，想著這樣以後兒子學講話的時候，才能好好指給他看。除了小劉因為比較大，而且常常孤單縮在一腳所以不會搞混之外，夫妻倆自己根本分不清楚另外兩隻誰是誰。因為她們無論龜殼大小，甚至是花紋都一模一樣。

女主人有一天發現，其中一隻小香常常在她一靠近時，就縮會進龜殼裡。她告訴男主人，就叫膽小的那隻小小香吧。男主人一聽，抱著兒子走向水族箱看烏龜，小手在玻璃缸上晃來晃去吵著要摸，剛剛縮進去的小小香因為剛從龜殼伸展出來充滿了安全感，反而是小香被小男孩的手給嚇了一跳，趕緊縮了進去。男主人指著說，啊，媽媽說那就是小小香。他抓著讓兒子的手指，輕輕碰了一下在角落發呆的小劉。永遠都沒有人知道，小劉還在思念著真正的那隻小香。（前傳請看〈小香不見了〉）

輯一

愛的代價

戀愛談多了，偶爾就是會遇到鬼。雖然不至於要了命，但也足以讓你倒抽一口涼氣，少了幾年壽命。關於愛情裡的鬼故事，永遠千變萬化，可以無限繁殖，總是讓你笑著笑著就哭了，哭著哭著就笑了。

我們的相遇是五星等級

穿上新買的內衣和雪紡洋裝，她輕飄飄走下公寓門口，等新男友來接。

今天是他們交往一個月紀念，男友訂了市區裡的牛排館，晚上還要外宿高檔飯店。為了今晚，她昨天可是做足準備。仔細塗了指甲油，刮了腿毛，當然，其他地方的毛髮也打點得乾乾淨淨，跟新的一樣。

身上唯一的舊東西，是那支手錶。那是他前年送她的生日禮物，也是她擁有的第一個名牌。

分手一個月了，繼續戴著，倒也不只是因為捨不得這高價的東西。不過，她現在不要思考這件事。從小被金錢壓著打，夢想過更好的生活應該不犯法。而且，在一起的時候，他也快樂過。她不欠他什麼。

只是沒想到，期待中的晚餐是一場災難。牛排是涼的、小龍蝦有濃濃腥味，跟服務生反應卻得到不耐煩的回覆。她保持禮貌，靜靜看著男友跟經理大聲理論。約會失誤，男友應該覺得很沒面子，這種時候只要在旁邊做個稱職體貼的女伴就好。這一點常識，她還是有的。

離開餐廳，他們照原訂行程進了飯店。男友怒氣未平，說要先下樓抽根菸。她脫下咬腳的高跟鞋，在窗邊的小沙發坐下。沒幾分鐘，收到男友傳來的訊息：

「剛剛那個經理真的太誇張，我已經去Google留負評了！」

她隨意附和幾句，也去搜尋了店家，果然看到男友氣呼呼的留言。但再往下滑，一則五星評論卻吸引了她的目光：「很浪漫的地方，當初應該帶前任來這裡約會。可惜現在是別人陪她了。」

真是個癡情的人啊，她想。好奇之下，她又點了這人的其他評論。

「情侶約會的好地方，以前也跟前任來過，可惜現在是別人牽著她了。」一天前發布，淡水海岸，五顆星。

「座椅舒適，午夜場很便宜，是第一次跟前任約會的地方。可惜現在她靠的是別人的肩膀。」一天前發布，電影院，五顆星。

「人潮不多很好逛，以前常陪前任來買衣服，可惜現在她的新衣是穿給別人看。」三天前發布，百貨公司，五顆星。

「冰淇淋很好吃，以前假日常跟前任來，有種溫馨的氣氛。可惜現在跟她一起吃冰的不是我。」一週前發布，IKEA，五顆星。

一條一條看下去，她慢慢開始覺得不對勁。這些地點，不都是她這陣子去過的地方嗎？

靈機一動，她搜了這家飯店的評論。

「夜景很美，當初如果帶前任來約會應該很浪漫，可惜現在她是跟別人來了。」不久前發布。

這時，門鈴突然響了。

叮一咚

實驗

他堅持，做愛前要洗手。

所以每次上床前，他會要求她也一起站在浴室洗手台，用同一塊肥皂洗手。歷時約五分鐘。

她覺得安心。比起之前那些魯莽的男人，他終究是有家教的人啊。穿著熨燙過的棉質襯衫，頭髮定期修剪、服服貼貼，身上散發恰到好處的木質氣味。他不去路邊小吃攤，下雨時，絕對會小心翼翼帶她跨過地上的泥濘和積水。跟他在一起，連空氣都高級了。

他們的第一次，發生在一間普通但整潔的商務飯店。仔細確認好進房的時間後，他讓她先去洗手，再用同樣冰涼的手，剝下她新買的連身裙。

每次跟他一起洗手的時候，她都感覺自己正在預備一場偉大的實驗，關乎人類，甚至是地球的永續生存。濕搓沖捧擦，整套流程需要重複兩次，指甲縫也絕對不可以放過，他會檢查。（對了，他的指甲也是修剪得整整齊齊的。）

只是說也奇怪，當那潔淨的手指進入時，她的身體也失去了感知能力。到後來，連自己是否濕了也不敢確定。

洗到第五十三次時，她終於還是提了分手。

無菌室裡，不存在慾望。

最遙遠的距離

她從來不參加社區的住戶大會，一本本裝訂精美的會議報告，也總是直接扔進回收箱。

那些冗長又毫無建設性的會議，工作上面對的還不夠多嗎？反正大樓裡一定有熱心的主婦，這些事情，留給她們忙就好了。

但今年她決定去看看。其實應該說，她準備去大吵一架。

這幾個月來，家門口不時出現髒兮兮的腳印。晚上回到家，隔壁住戶的淒苦音樂總是大聲播放到深夜，和管理員反映也沒有用。最奇怪的是，昨天上班前丟到垃圾場的那袋前男友送的絨毛玩偶，竟然被貼了一張紙寫拒收，晚上又出現在她門口。太荒謬了，每個月兩千多塊的管理費難道丟到水裡了？

但當她從信封袋抽出會議資料後，立刻決定今天就要搬離這裡——在那張淺藍色Ａ４紙的全體住戶名單上，第一眼，她就看到了那熟悉的、半年前哭哭啼啼不願分手的男人的名字。

牽掛

在他第九次說出失業後，她終於清醒了。

交往五年，他從客服、行政、便利商店、便當店再到各式各樣的飲料店，每份工作總是做不到三個月就嫌累，吵著辭職。

說實在，他真的沒有什麼過人的才能，但就是一張精緻的臉，讓她光看就覺得幸福。每次散步看著他的側臉，總是讚嘆怎麼有人長得這麼恰到好處。這麼多年以來，就算身邊老是有不識相的女生貼上來，但他永遠一心一意對她，這讓周遭朋友都非常羨慕。因為這樣那樣的原因，她老是狠不下心說他。

但那晚回家，看到家裡髒衣服丟得滿地，垃圾桶爆滿，碗槽還堆了一疊沒洗的碗盤，她終於爆發了。

／

她留了一天的時間讓他收拾行李，傍晚才回去親眼看他離開。兩人合養的貓，留在她家（反正他也沒錢養）。錯愕的他不懂自己做錯了什麼，直到最後一刻還想知道，她是不是有新對象了。

但說也奇怪，自從他離開後，貓咪的食慾就變得很差。出門上班前餵了飼料，回家後還是剩下很多。她猜想貓是否感受到環境變化，因此心情不好。還是因為天氣變熱了一點，所以吃不下飯？帶去給獸醫檢查，醫生卻只說一切正常再多觀察，就打發她回家了。

／

在同樣養貓的朋友建議下，她上網買了一個監視器放在客廳，影像連結到手機，想找出貓咪不吃飯的原因。

隔天中午，正當她準備搭電梯下樓和同事午餐時，竟然看見他出現在影像裡。只見他悠悠哉哉地泡了一碗泡麵，坐在沙發上打開電視。吃飽後，玩了兩小時的手機，還安穩地和貓一起睡了個午覺。

離開前，他小心翼翼收拾了吃完的零食飲料，最後不忘替貓加滿飼料。

你是我的藥

多年以後，她還是會告訴別人，他的多重人格是她治好的。

相識的那一年，他們都剛出社會不久。他早一點進入公司，於是主管派他帶著她一起工作。第一個月，他整天帶著她跑客戶。跑著跑著越聊越多，不小心就跑到床上去了。

為了天天黏在一起，她收拾行李，搬進他的家。每到假日，他們便到處遊山玩水，晚上再手牽手睡著。從國中就開始住校的她，第一次體會到家的感覺。大概不會有比現在更幸福的時候了，她想。

的確是這樣。

半年後，他被調到另一個部門，為了盡快上手新業務，他越來越晚回家。某天，她趁他洗澡時偷看了手機，發現不該發現的秘密。

她對著包著浴巾的他哭吼：你為什麼要這樣對我！

沒想到，他異常鎮定。「我有人格分裂，那個女生是其他人格交往的對象。」他說，身體裡住了五個人格，他們曾經討論要不要乾脆分手，跟新的女孩在一起。除了他以外，所有的人格都說好，但是他堅持不肯，所以才變成現在這樣。「我不想離開你，我真的很努力了。」

話說完後，他突然變了一個人，開始用極難聽的話大聲咒罵她。她沒見過這種場景，不知道該怎麼辦，又瘋又慌之下衝到廚房，哭著拿了水果刀，朝自己手腕猛劃。

當鮮血滴到米白瓷磚，他瞬間恢復正常。顫抖著安撫她，收好刀子，再哄上床，蓋好棉被。

那一晚關燈之後，他就再也沒提分手的事了。

後來，他也總是告訴別人，他的多重人格，是被她治好的。

共享

才剛加入他的團隊，她就愛上他了。她費盡心思製造兩人獨處的機會，刻意加班、一起出差，耗了三個多月終於讓他束手就擒。

以男人來說，他也算是相當有定力了。

他們開始背著他交往多年的女友偷偷約會，幸虧女友熱愛工作，常常去國外出差，因此她偶爾也去他家共渡週末。擔心被拆穿的緊張感，幫這段關係創造了一些不一樣的滋味。作為共犯，他們是在同一條船上了。

她生性細心，洗完澡後，總記得清一清排水孔的頭髮，以免留下外人入侵的痕跡。離開他家時，也會順手把自己的盥洗用具帶走。她其實並無所求，只要能待在他身邊，什麼形式無所謂。

這樣小心翼翼，竟然也平順地過了一年。

沒想到某天，女友無意間發現了他們的關係。經濟寬裕的她，毫不猶豫地提了分手，搶先一步搬離了這棟房子。

她內心十分喜悅，沒想到幸福來得這麼容易。

談好分手的那個週末，他邀她去家裡過夜。喝完一支紅酒後，他讓她先去洗澡。她細細地洗了身體，名正言順地用了自己放在浴室的護髮乳（終於不用再帶來帶去了），順便還去了角質。這是一個特別的夜晚。

步出浴室前，她習慣性蹲下來清理排水孔。沒想到，卻拉出一小撮長長的棕色捲髮——她腦中浮現前女友清爽的短髮，右手摸著自己濕淋淋剛剪的短鮑伯頭，努力不去思考頭髮的主人到底是什麼模樣。

國民男友

剛追到她的時候，他覺得人生從沒如此得意過。她大眼、皮膚白又身材傲人，是那群哥們彼此心照不宣的幻想對象。那天晚上，他在酒攤宣布他們在一起的時候，男生你一言我一語地猛虧，他笑嘻嘻地彷彿漂浮在半空中。

然而美人是低調不得的。某天下班，走往捷運站的途中，她被一個路人攔了下來，問她要不要來當直播主？她在牙醫診所的工作瑣碎，薪水又不多，想了一個晚上就答應了。在網路上唱唱歌、陪大家聊天多簡單，也不用每天通勤趕打卡，感覺是非常划算的工作。

因為人美又懂撒嬌，她的直播事業經營得有聲有色。經紀人常叮嚀，你的追蹤數，定義了你是誰，沒開播的時候也要分享日常生活，多跟粉絲互動。於是，她除了每天晚上固定直播之外，也開了一個新的ＩＧ帳號，規定自己每天至少發三則限時動態。粉絲多了之後，業配也找上門了。

她變成小有名氣的網路女神後，他更自豪了。而且可貴的是，她從不隱瞞自己有男友，發文也不時會提到他帶她去了哪裡、吃了什麼。他雖然沒在照片中露臉，但也成為粉絲口中的隱藏角色。有些人甚至叫他姊夫，這種親暱感讓他挺舒服。

直到某次，他們大吵一架。她指責他不該載女同事下班，他堅稱只是因為應酬太晚了，又剛好順路。

她在ＩＧ發了一則貼文，抒發內心委屈。不到半小時，他竟被肉搜出來，帳號就被公布在貼文下，瞬間湧入數十個惡意留言和私訊。他嚇得趕緊鎖了帳號，天天疑神疑鬼。疙瘩從此放在心裡，每隔幾天就小吵大吵，關係終於也走到尾聲。

她約他到租屋處，說到第三句話就開始哭。她說自己這段時間有多不開心，多麼委屈。既然兩個人的個性不適合，接下來就彼此祝福吧。

雖然早有預感，但心裡還是酸酸的。他問：「我能抱妳最後一次嗎？」她委婉拒絕了。

分開後，他漫無目的在街上晃。下意識打開她的ＩＧ，才看到三小時前，她發的一則限時動態：

等等要談分手：(

如果開直播

你們會幫我加油嗎？

他頭皮發麻，使盡全力不去點開最新的那段影片。

垃圾食物

他其實也不想這麼累，但那時，為了和女友未來的家，他連下班後都去跑外送。多虧了世上的懶人，每個月他能多存個幾萬塊。每天看看訂餐的人吃些什麼，似乎也讓生活多了一點樂趣。

而他始終難忘那一單。要是沒接，也許現在還會認命跑。

那一次，是一個眼睛哭得紅腫的女孩出來領餐，是一大桶炸雞薯條之類的垃圾食物。女孩慘淡笑了一下，連眼神都沒對到，就把餐點接過去了。

那個早上，他剛跟女友吵架。她不理解他為何那麼愛錢，抱怨相處時間越來越少，晚上都不能一起在家看影集。他不想解釋，要親口說出賺得不夠真的很難，誰叫他就是彆扭，就是天生窮。

看著眼前這個哭過的女孩，他心揪了一下。那感覺是什麼，他說不上來。也許是因為這女孩跟女友有些神似，皮膚一樣白，還綁了他最喜歡的馬尾，穿著乾淨的T恤加短褲。

他好想多為女孩做些什麼，又怕過了頭反而被客訴。「東西很燙，要小心喔！」只能送女孩一句善意。下次如果再接到女孩的單，他想，不如偷偷幫她買一瓶果汁吧，油炸食物吃多了對身體不好。剛剛短褲下的那雙長腿，哎，閉上眼睛還看得到。住在這種電梯大樓，家裡環境應該不錯，要是在一起就真的可以少奮鬥好幾年了。

走出大樓，他站在圍牆邊點了一支菸，任憑想像力繼續遨遊。吃不到的東西，眼睛欣賞一下就好。想到這裡，還是決定打個電話給女友，乖乖說聲對不起。

但就在鈴聲響到第三遍，一抬頭，卻看見女友從同一個社區走出來，旁邊挽著一個陌生男子。

愛人的品味

要不是男友堅持，她絕對不會來看這種電影。壞人死光、好人勝利的故事，只有小孩和笨蛋才會相信。吃完手裡的爆米花之後，她毫不掩飾地打了一個呵欠，假裝尿急去廁所。

三年多的關係，大概就跟這部電影差不多。甜頭嘗完之後，生活只剩下無止無盡的無聊，而她也終於意識到兩人在本質上有多麼不同。她不知道自己在等待什麼，也許還在期待故事哪一天出現精彩的爆點，也許只是放棄掙扎，打算在黑暗裡的軟椅子上睡到燈亮散場。

她待在影廳門口的塑膠椅上混時間，一抬頭，看見另一個男人打著呵欠走出來。發現她在偷瞄，他笑：這種故事只有笨蛋才會信吧。

他們天南地北聊起來，她感覺，他和大學時暗戀的助教長得有點像。

回影廳前，他們互加了Line。她因興奮而微微顫抖地坐進位子，雙手有點冷。遠遠看見他回到一個長髮女人的身邊。

／

他們開始在手機裡交換生活、音樂和小說心得。她著迷於他的腦袋，他也毫不掩飾地讚賞她的美。後來，他們偶爾會蹺班相約看電影，晚上再散兩個小時的步回家。走在初春的街道上，眼前像是套上了濾鏡，行人和野狗都變得特別有詩意。

他生日的那一天，她算準時間發了一封訊息。沒有名字的關係，話不能說得太露骨。如果再跨出一小步，也許，新的一年會不太一樣。大概就是像這樣隱晦的暗示。

沒想到就在他生日後，她竟然完全聯絡不上他了。訊息再也沒讀，電話也沒人接。

她失魂落魄地過了一整個月，一遍一遍複習他傳來的訊息，希望從中找到答案。最後沉不住氣，終於先跟男友提了分手。她感覺這是上天的懲罰，必須先準備好，才有資格好好愛他。

終於，就在他消失後的一個月又二十天，一通訊息來了。

「碰個面吧。」

／

她洗了頭，細細化好妝去餐廳赴約。他態度自若，問起她最近的生活。

只是當他一抬手，右手無名指上從未出現過的那道金屬光芒刺眼到讓她失了魂。她聽著他的歐洲旅行，只覺得口乾舌燥。他說，這趟買了好多名牌，你知道嗎，在歐洲買真的好划算欸。

道別的時候，他搭上她的肩問：以後還是可以見面吧？

她想，奇怪，之前怎麼都沒發現，他的品味這麼差呢？

百年好合

這次，他終於真的要結婚了。大家都替他開心。

幾年前，他曾經也很接近過婚姻。那時的女友已經交往六年，大家都以為這個浪子終於遇到剋星，還興沖沖幫他在高級飯店辦了一場極盡奢華的單身趴。沒想到就在婚禮一個月前，他偷吃前女友被抓到，準新娘氣得立刻搬離他家，婚事當然也吹了。

絕對不能再犯同樣的低級錯誤。不只他每天對自己喊話，連老母親都不知道偷偷去廟裡求籤拜了多少次。這麼好的女孩子，千萬要讓她進我們家的門啊。

終於，到了婚前一週。最後倒數七天，總算萬無一失了。

四個哥們約了他和新娘出來吃飯，說是有個禮物要送給他。為了祝福相交多年的好友，他們精挑細選地買了一只琉璃，晶瑩剔透的紅花上，飛舞了兩隻彩蝶。壓克力底座上頭，刻了一句吉祥話和新郎新娘的名字。

新娘子迫不及待拆開包裝，兩人的笑容卻瞬間凝結在臉上——不知道是哪個豬頭還活在過去，把新娘的名字給成多年以前、無緣的那一個了。

注定

她的今年很不好。

剛開春，養了好久的兔子就病死。接著疫情爆發，公司開始縮編人力，待最久的她，成為部門裡第一個被裁掉的倒楣鬼。

生活重心瞬間沒了，她自然而然地把心神都放在同居的他身上。誰知道某一天他洗澡時，不巧讓她看見手機傳來一封前女友的臉書訊息問：「還好嗎？等下要不要出來吃消夜？」

她氣極了，大吵一架後，當晚就帶著簡單的換洗衣物去好姊妹家過夜。

／

他們都分手很久了，為什麼還這麼痛？其實她也知道答案。

當年若不是因為她，他和前女友可能早就買房、生子，並過著所謂的婚姻生活了。但她的出現攪亂棋局，全部推翻再來一次。聽說，前女友後來一直沒有新對象。於是她享受熱戀，卻也惴惴不安。他們住在一起三年，他向來睡得很好，她卻常常失眠。那些提早驚醒、等待天亮的夜裡，她總是靜靜看著深睡的他，覺得床底下有座火山，不知哪天會爆發，將她活活掩埋。

／

好姊妹是她的前同事，這幾年熱衷算命。聊了幾晚後，建議她去改名。「我跟我媽都去找這個老師改過，改完之後真的超順！」於是，她也去了。

算命老師問了生辰八字，竟然說中好幾件事。例如事業遇到波折、犯小人，感情的話，今年會是最關鍵的一年，姻緣如果沒有好好把握，接下來會單身十年。她暗自驚訝，期待老師大筆一揮，還她一個閃亮的人生。

老師沉吟了好一陣子後，終於，在紅紙上寫下三個字。

她一看差點沒昏倒——這不就是那個前女友的名字嗎？

今晚月色很美

也許是星盤作怪，交往以來，他從來不說甜言蜜語，花呀、巧克力這些最普通的禮物，也總被視作無用又浪費錢的東西。而家裡那張進口按摩椅，則是他最得意的、某一年的新年禮物——差不多就是這樣的務實無趣。

這樣說來，走入兩人關係，可能已經是他為她做過最浪漫的事情了。沒有婚姻、沒有小孩，越珍貴的東西，眼睛越是看不見。在「需要」和「想要」之間，他難得選了後者。

慶幸的是，他知道她懂。

夏夜裡，他們約了下班後到夜市吃冰。「這麼大一碗，一個人吃太寂寞了。」他挖了一口沾滿黑糖的清冰說。

她笑了。因為這句話經她轉譯之後，就跟夏目漱石傳說中那句話的意思一模一樣。

很美的月色，一個人吃不完的冰，這是戀人才懂的暗語。

真相

第一次見到他，她就留下極好的印象。和辦公室裡那些宅男不同，他長相乾淨，說話總是面帶笑容，而且還很有禮貌。做為一個新人，她非常慶幸自己的對接窗口是這樣的一個男子。怎麼說呢，光是遠遠看著就很舒服。

某天，她因為不熟悉後台操作，用公司內部軟體敲他。沒想到隔沒多久，他就仔仔細細地列出一到五個步驟，並設想了ＡＢＣ三種不同的狀況。訊息的最後，還不忘加上一句「如果有看不懂的地方，隨時找我」。

她將這句話視為一個暗示。於是，愛情也悄悄找上他們了。

／

他是中部孩子，大學時期就在外租屋。為了省錢，雖然出社會好幾年了，還是跟兩個大學同學分租套房。在一起兩個月後，她搬進他的小房間，兩人還撿了一隻小白貓來養。有些晚上，他們會和另外兩個室友擠在客廳吃泡麵、看電視，聊天嬉鬧到半夜。當然室友們有時也會識相地晚歸，留給熱戀期的他們一點私人空間。

她從小家境好，擁有自己的房間、自己的電視、自己的鋼琴、自己的廁所。這個嶄新的共享體驗對她來說非常有趣，像是彌補從未有過的青春。

／

直到某天半夜，她的蕁麻疹發作了。

他慌張送她去急診，醫院檢查了過敏原，卻也找不出什麼特定原因，耗到隔天中午才終於回到家。他直覺認為是那隻貓搞的鬼，開始三天兩頭吵架，要她把貓送走。其實，當時若不是因為她想要，他根本就不會養貓。人都難吃飽了，更何況多一隻畜牲。

從此，衝突的日子越來越多，最後草草結束了這段短暫的戀情。

她帶著白貓搬回家，繼續做不愁世事的富家女。說也奇怪，蕁麻疹從此再也沒發作。

「原來，我是對窮過敏啊。」她看著在大片落地窗前慵懶午睡的貓，這樣想著。

誤會了

如果不是朋友起鬨，她也不會真的在半夜載了交友軟體來玩。

因為工作的關係，結婚三年來，她和他一直分隔兩地，只有週末和連假才會一起過。她本來就是個性獨立、不愛查勤的人，再加上心中一直有買房計畫。因此，對於這樣的生活，她並沒有太多怨言。要不是因為這樣，也不會這麼晚才發現他的異狀。

沒有花費太多時間就辦好離婚，一切歸零，她又回到原本的獨居生活。沒有孩子、平常跟婆家也沒什麼聯繫，坦白說單身與否，對她來說沒有太大差異，只覺得心裡哪裡怪怪的。如果當初分得撕心裂肺，或許還好說明一些。

要不是那次聚餐，朋友們開玩笑買了一個大蛋糕，恭喜她強勢回歸單身市場，還真分不清那三年是不是只是做了一場夢。

於是在那個晚上，她第一次打開那個 App。

／

一開始，她完全以照片選人。看順眼的就右滑，不管對方年齡或是職業。原來，不涉及承諾的關係，可以這麼的輕巧簡單，就像平常買網購商品一樣。

因為年齡，敲她的多半是年長大叔，應酬式地聊了幾句也就不了了之。沒有飯局的晚上，或是不得不留在一個過於冗長的視訊會議時，她還是有一搭沒一搭地滑著。直到某一天，一個不到三十歲的男生再次開啟了對話。他的熱情攻勢讓她措手不及，沒幾天，他們已經在虛擬空間裡交換了彼此的故事。

她好奇問他，怎麼會對比自己年長的女人感興趣？

他說：「我一直都比較喜歡姊姊啊。」

就因為這句話，她滿心喜悅答應了他的邀約。

／

他們約在最近很熱門的咖啡店碰面，他還提早半小時過去排隊。見了面發現，他就像照片一樣陽光爽朗，才聊沒幾句就讓她心花怒放。頻率對了，年齡什麼的也許真的不是重點。

依依不捨地結束了下午茶，他提議，明天下班後開車接她去另一間餐館晚餐。她輕推了一下他的肩，開玩笑說：「我朋友都要我小心一點欸，你該不會想賣我保險吧？」

「拜託，怎麼可能啦！」他大笑，一邊盤算著明晚怎麼把話題帶到這一帶新上架的幾個物件。

薄荷少年

他第一次送國小兒子去作文班就遇見她。儘管想像了無數次重逢的場景，實際發生時，還是會手足無措。把孩子交給她後，他站在教室外面點了一支菸。心想，畢業都二十年，她倒是沒什麼變。

大學時候的他跟現在一樣，熱衷音樂，每天花好多時間練吉他。差別只在於，那時候的他以為自己未來有一天會成名，但現在他已經看開了。雖然沒辦法跟其他同學一樣在大公司當主管、領高薪，能夠在社區裡的音樂教室教教琴，偶爾接案表演賺點外快，就是普通人的普級快樂。

而她，曾經是他最好的女生朋友。每次只要他上台表演，她都會站在第一排歡呼，結束後再一起去吃消夜，多半是她買單。他不是不知道她在想什麼，但那時候，他眼裡只有系上最漂亮的學妹。而且坦白來說，她也沒有美到足以讓他跨越友誼的界線。只是在畢業前的某個晚上，她開口邀他去家裡看電影。氣氛驅使之下，他們終究做了一般朋友不太適合做的事。

隔天早上，他們在永和豆漿尷尬吃著早餐。她低著頭問，欸，你說我們現在是什麼關係？他小心嚥下嘴裡的最後一口蛋餅說，嗯，就跟以前一樣是朋友吧。

「所以是砲友？」他嬉皮笑臉回：不要說得這麼難聽嘛。

其實，他也還搞不清楚彼此的定義。不是真的不喜歡，只是覺得，自己應該可以得到更好的。

從此，她到哪都躲著他，別說朋友，他們連在路上擦肩而過的機會也沒有了。他不是沒找過她，但是當一個人真心不想再見你，就算多努力也找不到。這時他才發現，自己比原本所想像的更不了解她。

後來，他沒如願追到系花，也沒成為理想中的 rock star。三十二歲那年，在他不小心讓最後一任女朋友懷孕之後，也就安分上岸、做個好人了。

／

中堂下課，她一走出教室就看見他坐在家長等待區。這次她倒沒有躲，主動過去寒暄了幾句。

歲月很神奇，在不同女人身上會產生不同效應。試圖抓住青春，只會讓旁人也覺得尷尬，越不抵抗變化，反而越是顯得好看。在他眼裡，她明顯屬於好看的那一邊。

孩子每個禮拜都有回家作業，到家之後，他看了作業簿，這週的作文題目是：如果我有時光機。

／

從那週起，他自告奮勇擔起接送孩子上作文班的責任。因為人多，跟她也就是簡單打個招呼而已。但隨著每週作業簿上的作文題目從「影響我最深的人」到「最美的時光」，再到「給二十年後自己的一封信」後，他終於開口約她了。

她家的布置和人一樣舒適。第一次去時，他仔細觀察了整個空間。一雙拖鞋、一支牙刷、小巧的沙發和窗邊幾株香草，是標準獨居女人的配置沒錯。每週，他們有一個下午會在這裡約會。不聊未來，偶爾聊起從前，但大多數時間都在滿足現在這副身體。

慾望平息之後，她常常會沖一壺薄荷茶，緩緩倒入兩個瓷杯。薄荷是從窗台上現摘的，她說，第一次養薄荷時什麼都不懂，以為植物就是曬太陽、澆澆水，結果一下子就養死了。仔細問了賣花草的老闆才知道，薄荷喜歡潮濕陰涼的環境，尤其水不能澆太少。「用錯方法，再好養的植物都會死。人要是也有說明書就好了喔。」她淺淺笑著說。

他發現自己越來越喜歡待在她家，這裡讓他感覺，自己還是那個備受上天憐愛的少年，人生充滿希望，世界都握在手上。

直到某個夜裡，他突然收到她的訊息，要他下禮拜別再來了。「我要去台中了，搬去我先生那裡。」她沒有再多說什麼。

薄荷茶的涼味還在他嘴裡，他想，或許他才需要一份說明書。

沒說

他站在商場廁所門口等妻，一抬頭就看見她。雖然她戴著口罩，但他馬上就認出來了。畢竟當年在醫院認識時，她就是這個模樣。

那時他因為呼吸中止症去醫院開刀，她則是隔壁床婦人的女兒。他是律師，她在一間小公司做行政。看上他的經濟條件，婦人常愛趁女兒在時撮合兩人。玩笑開著開著慢慢成真，他出院後沒多久，兩人就在曖昧的氣氛下順勢在一起了。

只是那時他沒說，自己之所以一個人住院，是因為交往多年的女友去了英國留學。這段邂逅對他來說不是句點，只是一個分號。

／

分開好幾年，沒想到再次遇見時，全球正在流行大感冒，她還是戴著口罩。他不禁讚嘆起命運的奇妙。

他筆直朝著全身僵硬的她走過去。「好久不見，你好嗎？」他其實想說的是，沒有了我，你好嗎？

「很好啊。」她不帶感情地說，沒有想要多說話的意思。

他逕自想像，她的意思應該是「雖然沒有你，但我努力過得很好」吧？這麼多年，不知道她放下了沒。他倒是偶爾會在深夜回味起這段插曲，當年的她，真的巒可愛的。

還來不及跟她多說幾句，一個小男孩蹦蹦跳跳過來，牽起她的右手。男孩用清脆的嗓音說：「媽媽，那個阿公是誰？」她沒回答，沒再多看他一眼，就快步拉著孩子離開了。

他氣極了。喝了一口手中的瓶裝茶，卻不小心嗆到，於是猛烈咳了起來。

聽到咳嗽聲，周遭路人瞬間驚恐四散。只剩面紅耳赤的他，獨自留在凝結的空氣中。

還是朋友

朋友都說，沒想過他們有一天會分手，其實她也從來沒有想過。但是與其兩個人痛苦地綁在一起，不如各自留一條生路，至少她是這麼想的。不過回想過去這十五年，她確實是快樂的啊。那麼，他從什麼時候開始不快樂呢？

他們是在大三通識課認識的。那一年，她和系上幾個同學一起報名了野外調查課，準備去花東四天三夜。沒想到遊覽車才出發沒多久，坐在最後一排的她就暈車，在第一個國道休息站吐得亂七八糟。助教徵求車上同學跟她換座位，他第一時間舉手，把前排靠窗的位子讓給了她。

其實，他早在旅程開始前就注意到她。高馬尾和大長腿，從頭到腳都是他的菜。這麼一個難得的機會，不好好把握就太說不過去了。

他們都忘了這堂課最後拿到幾分，卻都記得第一個吻發生在交完期末報告的那個週末夜晚。十幾年來，兩個人的交友圈幾乎已經完全重疊，任何一場聚會裡，如果有他卻沒有她，就是讓人不習慣。曾經有一個朋友說，你們兩個要是分開，大概就是世界末日了。誰知道世界末日不只是傳說。

／

大概一個月前，她開始覺得哪裡怪。同居久了，他們早有一定默契，常常只要一個眼神、一個挑眉，就知道對方心裡在想什麼。彼此本來都不多話，安安靜靜的也很舒服。儘管如此，一整個週日窩在家裡，卻什麼話也沒說，這似乎也有點過頭了。晚上關了燈，躺在床上，她聽著身旁的呼吸聲，知道他也睡不著。忍不住說，我們要不要分手了？

他沉默好久後說，我搬出去吧。

合買的沙發反正也舊了，就留在這裡。她平常不大看電視，於是新買的六十吋電視決定歸他。他說要先搬回老家一陣子，等租好房子再來拿電視。原本以為很難處理的財產問題，其實也不過如此而已。

他選了一個天氣好的週六搬家。她一向起得早，因為不想經歷尷尬的場面，梳洗之後，就出門吃早餐了。大樓的房門會自動上鎖，她對他說，門幫我帶上，鑰匙放客廳桌上就好。這樣的結束，或許還算清爽。

／

當天晚上，幾個知情的老同學約了飯局，名義是幫他們辦的分手派對，其實是大家都怕之後不小心碰面會為難。

「好羨慕你們這樣啊，買賣不成情義在，以後還是好朋友。」其中一個同學笑著舉杯：「來，敬自由。」

她拿起啤酒杯輕碰，眼角餘光發現他正偷偷看她。她想，他應該會等到飯局結束、人走光後才會過來找她，然後解釋一下留在客廳桌上的鑰匙包裡，為什麼會夾雜著一副陌生鑰匙，上面還掛著一個明

顯不屬於他的粉紅色鈴鐺。門喀拉鎖上的那一刻，想必他也慌了手腳。

她決定什麼都不說，就等他開口。

同學會

嚴格說起來，我們並不算非常好的朋友。每當別人問起，她總是這麼說。但不管怎麼解釋，也無法抹滅她和小芳曾是大學同學，以及她從這位同學手中奪走他的事實。

事情剛曝光的時候，沒有人站在她這一邊。畢竟小芳和他，可是從學生時期就開始交往的班對，系上每一個人都參與了這對戀人的相識、告白、爭吵與和好，那些故事是自己青春歲月的一個篇章，意義非凡。而她，作為破壞這段關係的第三方，無論如何都要擔起責任，就算她並不完全這麼認為。

不過，假如那個晚上，她沒有開口叫他，事情也許不會發展成這樣？

／

還在讀書的時候，她就會在課堂上偷看他。光是憂鬱俊美的長相已經足夠搶眼，再加上那時他是樂團主唱，校內外拿過好幾個獎，在一群成天吃喝玩樂的學生中顯得更特別。

畢業之後，大家都忙。除了每年一次的同學會，彼此幾乎沒有聯絡。誰知道半年前，她失業的那個晚上，正好在公司附近的麵攤遇見一個人晚餐的他。他看起來非常疲憊，和平時在社群網路上看到的意氣風發很不一樣。開了五瓶啤酒，兩人聊到攤子打烊，最後乾脆去了她家。

後來，每當他們再說起那天，總是講不明白到底是誰先開的口。

都是因為你太有魅力了，我招架不住。他老是這麼說。一開始她很得意，但漸漸又覺得不太對勁。不過有些事情不適合深究。

／

因為漏了誰都不對勁，畢業以來定期舉行的同學會停了兩年。終於，某個熱心的同學打聽到小芳有了新對象，順勢提議重啟聚會。

為了這次聚餐，她在兩週前約了染髮，又去採購新鞋和新衣。稱職的第三者該是什麼模樣？首先外表必須妝點得好看，這是對前女友的基本尊重。但是無論如何都不能偏離清純的基調，這樣才有機會讓輿論往自己這邊靠。簡單的無袖洋裝加白色細帶涼鞋似乎不錯，引人想像的程度剛剛好。

他刻意抓了其他兄弟坐隔壁，與她隔出一段不近不遠的距離。小芳晚了半小時才到，坐在長條木桌的正中央，那是總召特地留的位子。罰了一杯生啤酒後，小芳喜孜孜秀出戒指說：我要結婚啦，想不到吧。大家頓時鬆了一口氣，她發現，他臉上的笑容自然多了。

「舊的不去，新的不來，希望再來就是你們的好消息啊。」小芳對著他舉杯，又轉頭向她微微笑了一下。

「太棒了，以後同學會成員越來越多，要訂更大的包廂啦！」總召趕緊跟上舉杯，大家開始找各式各樣的藉口走動敬酒，熱熱鬧鬧的。

趁著沒人注意，小芳移到她身邊低聲說：聽我說，他工作忙，年紀也有一點了，你最好叫他少喝酒、多運動吧。不然熱戀期過了就沒得玩啦。

涼鞋有點咬腳。她覺得左腳跟隱隱作痛，懊悔忘了帶ＯＫ繃。小時候去百貨公司買新鞋，媽媽總說穿著多走走。但她就是不懂，那些看上去很美的鞋，怎麼回家穿了就是不太舒服。

可是秀還沒結束，今晚這場至少要好好走。

能不能玩，主要還是看對象吧，今天他都捨不得出門呢。她以相同音量回敬。

隨後就拿起酒杯，找其他同學聊天去了。

極簡

布魯死掉後，她養成了極簡生活的習慣。

水電師傅來修管線時，總以為她才剛搬來。其實她也沒想過，自己會變這樣。

布魯是他留下來的貓。那時他出國讀研究所，本來說好，等一切安頓好就回來結婚，帶她和布魯過去。沒想到發生了全球性疫情，他回不來，她也過不去了。

離開前，他把布魯寄養在她這裡，說好每月一號匯錢給她採買飼料和罐頭。但隨著他的課業越來越忙，再加上兩邊有時差，匯款慢慢從晚一天又變成晚一個星期，每週固定的視訊也漸漸被遺忘了。兩人從學生時期開始交往，雙方家庭吃過好幾次飯，她想，視訊也不是什麼了不起的事，這種時候，還是要做個識大體的女朋友吧。

某個週六下午，陽光正豔，她蹲在地上幫布魯梳毛時，收到他傳來的一封訊息。打開一看，發現是一個年輕女孩在雙人床上的自拍照片。女孩穿著一件寬大的T恤，露出兩條勻稱長腿，旁邊側臥著只穿了一條內褲的他，看來已經睡死了。

幾個禮拜沒視訊，他變胖不少，看來過得不錯啊。那個畫面太不真實，更像是家族長輩群組裡的低級笑話。她深吸一口氣後，就把他的帳號封鎖刪除了。

因為全城封鎖，那些低潮的夜晚，她只能偶爾跟朋友通通電話，大部分的時間都跟布魯窩在家裡（是的，他沒把貓要回去，但也沒再匯錢過來）。看著貓咪湛藍無邪的眼珠，還是獲得不少安慰。出國前，他們其實也鬧過分手。這樣想想，我們就是沒有緣分吧，至少還有布魯在，她告訴自己。

一天晚上，她下樓去拿外送餐盒，進了家門，卻發現布魯癱坐在電視前，後腳已經使不上力。晚餐顧不得吃，她趕緊帶貓去附近的動物醫院急診。醫生說，是血栓。搶救後沒幾天就走了。

她在家關了好幾天，除了處理工作，其餘時間都在發呆和流淚。某天，她突然在電視上看到一部收納專家的影片，教大家如何清理家中多餘的物品。專家看起來那麼美麗又自信，是她理想中的模樣。

她開始打掃家裡。清了最後一次貓砂，自動餵食器裡剩餘的飼料一起打包丟掉，散落在各處的貓抓板和玩具也丟了。堆放在後陽台的紙袋、空瓶，買來從沒穿過的衣服通通拿去資源回收，不合腳的漂亮高跟鞋和跟風買的眼影、唇膏也狠下心丟了。冰箱裡早就過期的胡麻沙拉醬是他最喜歡的口味，開封後只吃過幾次，早就該扔掉。

從現在起，她可以掌控自己。坐在空無一物的客廳地板上，她滿足地笑了。

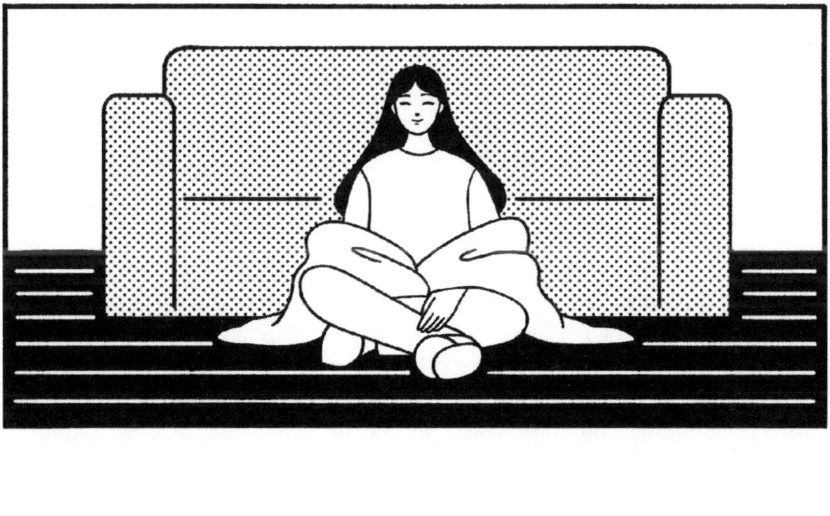

妹妹

早知道這時節工作這麼難找，那天，她應該會忍住不對他發飆。但如果真的要說，當初根本就該離他遠一點。

面試的時候，她就被他吸引了。細黑框眼鏡、肩線落得剛剛好的襯衫加上沉穩氣場，不僅工作時賞心悅目，以領導能力來說也算是值得跟隨的主管。所以，當他在試用期滿那天提出晚餐邀約時，她馬上就答應了。

剛在一起的日子非常愉快，為了不讓周遭同事發現，他們發展出一套僅限於戀人之間的溝通方式。她想像過無數次，突然公布喜訊時嚇壞所有人的畫面，每次都會不小心笑出來。瞞著大家，使得一切更有興味。只是她過了一段時間才知道，他和另一個同事的來往，其實也瞞著她。

賭氣離職後，她搬離了他家。沒了工作，一時之間又找不到好住所，所以她拖著行李箱，住進了妹妹的房子。

妹妹幾年前恢復單身，一個人帶著剛上幼稚園的女兒米米生活，最近交了新男友。從小，不管是學業成績或是職場表現，兩個女兒中，她一直都是最讓父母驕傲的那一個。她早已習慣妹妹跟在身後，誰知道到了現在，反而是自己過得一塌糊塗。

妹妹騰了一間客房出來，傳訊息給她說：快來吧。還好她東西不多，雖然客房空間不大但也堪用。妹妹上班忙，因此，清潔打掃、接送米米和準備晚餐的工作都交給她。她本來就是居家型的女人，這些不是什麼問題。只是她沒想到，妹妹對於生活的標準實在太低，家裡要什麼沒什麼，碗櫃、衣櫥和任何無法一眼看見的地方都塞得亂七八糟，因此她每天叨叨絮絮整理家務。終於在某一個星期四的晚上，妹妹當著女兒的面爆發，兩人久違地大吵了一架。隔天妹妹留下一張紙條說，週末帶女兒和男友一起去東部度假，不回家了。

正好我落得清閒，她想。

週六醒來，妹妹和米米果然不見了。她慢慢梳洗，沖了咖啡又準備了澎湃的早午餐。悠哉滑了一個小時手機後，她想，還是換個衣服，出門走走吧。

匆忙搬來，大多數舊衣服都扔在他家。趁著妹妹不在，她乾脆打開主臥室的衣櫃，找一找有沒有合適的衣裳。妹妹個子比較矮，身材也豐滿，小時候常因為這樣被男生捉弄。沒想到都到了這個年紀，還是買一堆露胸露腿的衣服，連這麼短的牛仔褲也敢穿。再往裡翻，又看到好幾盒首飾，嘖，一定是那個傻男友花錢買的。

她不知道自己為何充滿憤怒。如果有一個明確的原因，也許會好一些。為了消除心中那股無法歸納的情緒，她抓起掃把，又開始做家事。天黑了，最後哪也沒去。

沒想到，隔天中午過後，妹妹就回來了。一進門，綁著馬尾的米米就衝進她的懷抱撒嬌說：「阿姨我好想你！」妹妹無奈說，她昨天晚上就吵著要回家，只好提早回來啦。

她用力忍住眼淚，拉高音調說：「阿姨昨天做了焦糖布丁，冰在冰箱，我們來吃吧。」

馬桶都知道

還在讀書時，他就是系上風雲人物。雖然不是第一眼就會覺得好看的類型，但因為寫得一手好文章，常被老師公開點名誇讚。久而久之，氣場就是不太一樣，自然也吸引了許多愛慕眼光。她是其中一人，而小如則是最幸運的那一個。

從大學開始交往同居，儘管分分合合，他最後總是回到小如身邊。剛進學校，她就和小如成為好友，每天形影不離。只是那些大家一起廝混的夜晚，她總是忍不住想，如果他的旁邊是我，會怎麼樣？

／

畢業以後，他順利進了一間業界頗負盛名的媒體集團，當上記者。幾條獨家新聞出來後，長官看他的眼神格外不同，同業吃飯喝酒時，總愛虧他是明日之星，一定會成為最年輕的總編輯。人走運的時候，做什麼都順利。除了事業，他的感情生活也讓周遭欽羨。雖然相較於同輩人是早了一點，但他和小如說好，三十歲要完成結婚大事，生個孩子。然後，就在那一年的聖誕夜，小如在社群軟體上發出了一張戴著戒指的照片。

曾經有朋友偷偷問他，為什麼要那麼聽話？其實他也說不上來。只是覺得，有些麻煩事既然逃不掉就趕快做完，只能說就是務實派吧。而且，人生又不是求了婚就結束了。就像她和他，就是在他們求婚後、小如回老家的那個週末發生的。

／

事後回想，那天確實是有點醉，可又不是真的那麼醉。但總之，那天她和幾個老同學一起到了他家，吃吃喝喝後，時間也晚了。其他人陸續離開，她主動提議留下來收拾垃圾，然後就完成了老早該發生的事情。

他提議她先沖個澡再離開，走的時候，可不可以順便把酒瓶拿去垃圾場資源回收？因為小如不喜歡他喝那麼多酒。她突然想起來，剛剛是她說要幫忙整理環境的，是她自己說的。於是她上了廁所，沖了澡，丟了垃圾，然後離開。像從沒來過一樣。

／

婚宴結束後，小如邀幾個老朋友到家裡續攤。

她一口氣喝得太多，突然一陣噁心，趕緊衝去廁所。才剛蹲下，就不小心壓到免治馬桶的面板，細細的水柱噴得滿臉。

抽了幾張衛生紙擦乾臉，再順手擦了滿地水漬。她看著鏡子想，還真是狼狽啊。順順頭髮，抿抿嘴巴，她擠出一生最美的笑容，準備走出去後，就跟小如說要先回家了。

那些骯髒的事，馬桶知道就好。

陌生女子

接通電話的那刻，她既興奮又緊張。養了一年，終於有機會可以知道小毛和小五在想什麼了。

幾個月前，她在網路上預約了當紅的寵物溝通師，排了好久的隊，總算是輪到她了。他一向不信鬼神命理，對於寵物溝通更是嗤之以鼻。趁著他今天出差，又是輕鬆的週五夜晚，剛好讓她一償心願。

小毛和小五是他們一年前從對門鄰居那裡接過來的文鳥，白白胖胖的，非常可愛。結婚後，其實她本來想要養隻嬌雅貴氣的布偶貓，但碰巧鄰居一家準備移民，正苦惱兩隻小鳥的去處。她看著鳥兒純真的眼神，心軟了，過沒多久就把牠們接回家，安置在寬敞的陽台上。他老說，貓會掉毛，養鳥反而更好。

他們在很多事情上的看法都不同，就像他一向只信任科學根據，她卻喜歡嘗試各式各樣的神秘活動。她相信世界充滿無法以常理解釋的事，畢竟當初就是逛書店時，不自覺被他吸引後，主動過去攀談的。然後交往不到半年，他們就結婚了。

／

「兩位小鳥很活潑喔，牠們急著要講話。」寵物溝通師笑著說，小毛好像特別活潑，小五比較被動一點。

沒錯沒錯！小毛就是愛講話，每天早上叫最大聲就是牠。她笑著回答，忍不住瞄了陽台上的兩隻鳥兒一眼。「可以問問牠們，對生活有沒有什麼不滿意的地方嗎？」她問溝通師。

手機另一端安靜了一陣子，她突然覺得有點緊張，要是鳥兒不喜歡這裡的生活環境，該怎麼辦？

「沒有喔！兩位小鳥說一切都很好，牠們說你很溫柔，都會常常跟牠們說話，稱讚牠們很漂亮。只是小毛說吼，希望可以常吃橘橘軟軟的水果，那個很甜，牠很喜歡。有一種比較脆、比較酸的，牠不喜歡。」

「橘橘軟軟？啊，應該是木瓜吧，上禮拜我有試著餵給牠們。脆的應該是蘋果，哈哈！」她忍不住大笑。真是的，如果他也在家就好了，這麼好玩的事情，竟然沒人可以分享。

「你們家裡除了你和先生之外，還有其他人嗎？」溝通師突然說。

「沒有啊，只有我們兩個住在這裡，平常也很少有朋友來。」

「小毛說，每個禮拜四天黑之前，都會有一個長頭髮的女生在家裡走來走去。牠說那個人很沒禮貌耶，都不理牠們，也不打招呼。喔，牠說，那個人昨天也有來。」

每週四是她固定要留在公司加班開會的日子，通常晚上九點後才回到家。她回想，昨天進門時，他已經坐在客廳沙發上悠哉看電視了，難道有朋友來家裡？還是……？

再問了幾個問題，她就草草結束電話。接下來整個晚上，她都在思考那女人的事。仔細一想，這陣子以來，他確實有點怪怪的。幾個禮拜前洗衣時，她發現他的長褲口袋裡有一張信用卡簽單，來自某個專櫃化妝品。他說，那是幫老闆買的，是要送給老闆娘的唇膏。她見過他老闆，看起來不像是會讓下屬做這種事情的人，何況，不是還有秘書在嗎？

在雙人床上躺了一小時，始終睡不著。突然，她從床上坐起身，往他的書櫃走去。她平常是不會碰的，但現在是特殊狀況。翻來翻去，她終於在櫃子最深處找到一包以百貨公司紙袋包起來的衣物，打開一看，是一套全新黑色蕾絲內衣，吊牌還沒拆。不是她會穿的款式，也絕不是她的尺寸。

她絕望地坐在地上。屋外一片寂靜，只聽見一陣陣壁虎的叫聲。大後天晚上，他就要回來了，她必須打起精神，為自己做些什麼。

他回到家後，表現一如往常。她有好多話想問，但又不想打草驚蛇。網路訂的東西已經到了，很快就會知道了。

／

週五晚上，他和同事約了聚餐。她下班回到家，準備揭曉答案。

點開了檔案，她聚精會神地盯著螢幕。沒過多久，果然看到一個高瘦長髮女子

在客廳搔首弄姿，像在走一場高級時裝秀。好一陣子之後，女人終於正面朝鏡頭走來。停格仔細一看，那不就是他嗎？

陽台上，小毛和小五正起勁叫著，那麼歡快的歌曲，她好像從來沒聽過。

輯二

兩人生活

不幸的家庭各有各的不幸，幸福的家庭當然也各有各的秘密。沒說出口的最後一句話，妥協之下做的那個決定，心猿意馬的某一刻，或是不小心發現的真相。如果你還記得，最好儘早忘記。因為兩人世界裡，不需要不合時宜的回憶。

家

他們的第一次約會是在一家平價家居店。雖然已經因為專案合作了大半年，在工作以外的場合碰面還是不太習慣。她前一陣子搬家，還缺一張新的餐桌，於是便主動開口約他來了。比起看電影，逛街還是自然一些。

他們一邊逛，一邊聊，交換了彼此對於理想家庭生活的想像。挑完餐桌，也就順便挑了兩張合適的餐椅。椅背夠寬、下面還有橫桿可以放腳，這是他建議的款式，因此又更有藉口來坐了。有時，週末就是在家虛度兩天。他下廚，她負責洗碗，各司其職。

這就是家的感覺吧，她想。

過沒多久，他們也成了真正的家了。

吃飯時，對面坐著一個人，感覺就是不一樣。

他總說，第一次看到這麼會吃的女孩子，碗裡面一粒米都不留，光看就覺得美味。他喜歡拍下她認真吃飯的樣子，放上社群。朋友們都說，一個會煮，一個能吃，你們就是天生一對啊。不過，大嫂這麼會吃，身材還這麼好，真讓人羨慕。「是啊，不像我，連喝水都會胖。」他喜歡拿自己的易胖體質開玩笑。長輩們則說，能吃就是福。「趁現在多吃點營養的，補一補。」每次回家吃飯，婆婆總這麼說。

但如果不是他提起，其實她根本沒意識到自己的吃飯習慣。

因為爸媽工作忙，小時候，她一個人借居在外婆家。外公是對生活規矩極為嚴格之人，吃太慢會被敲手心，飯碗裡的食物沒吃完不准離開。因此，吃得又快又乾淨，早就是她習以為常的模式。等到老人家過世，她擁有了自己吃飯的空間，這個習慣還是牢牢綁著她。當然，在看見他驚喜的神情之後，她又忍不住比從前吃得更快，吃得更多了。

/

然而，在他被無預警資遣後，她對吃的欲望也慢慢消散。他依然會每天做滿桌的菜等她回來，菜色甚至更豐盛。有魚，有肉，常常還有一大鍋燉湯。然後他就坐在對面，靜靜看她吃光。因為不想傷了他，就算晚上已經跟朋友相約，回到家後，她依然會努力吃，再趁他不注意去廁所催吐。只是偶爾不小心抬起頭，就會看見一雙沒有情緒的眼睛直盯著自己。

生子計畫暫停了。倒也不是誰先說了什麼，就是自然而然地，沒有人再提起。像是不合時宜的慶典，或是政治不正確的冷笑話。

三十五歲生日前夕，她找了一家網路上評價不錯的診所，預約凍卵。

「替自己立下未來的生育保險」，診所小冊子是這麼說的。

打針沒有想像中來得痛，反而讓人感到些微的興奮。沒事的，慢慢來。她對自己未來的房客說。

所以我選了你

燠熱的夜晚，他難得和妻一起晚餐。

主餐後，服務生來點附餐飲料。他想了半天後說：熱美式。

妻嫌棄說：一百五十元以內的都可以選，有西西里冰美式、焦糖瑪奇朵耶。你怎麼會選最便宜的呢……這麼窮酸。

他心想：所以我選了你。

靠北交友

到底是什麼時候開始流行孕婦寫真的？她不耐地滑著臉書，一面對他抱怨著。

一如預期，他只敷衍地回應了兩聲，眼睛根本沒離開手機螢幕。

每天吃不飽，身體還腫到不行。才剛去過廁所，馬上就想尿尿，更慘的是醫生又一直提醒要補充水分。「懷孕到底有什麼好自豪，身體根本不是我的了！」她氣得大聲嚷嚷，不知道是對誰抗議。也許是每天晚上只會窩在沙發上打電動的他，也許是當初過於樂觀的自己。

坦白說，身體上的變化都還是小事。她自詡是理性之人，這些症狀基本上跟大家說的差不多，都在可預期範圍內。這是一場實驗，而她是科學家兼培養皿。當然，算是長得比較好看的囉。

最讓人無法忍受的是周遭對待她的方式。跟同事一起外出，走路要是不小心歪了一下，大家就會緊張地大呼小叫。討論行銷方案時，嘴賤的男同事會說，哎唷，這個媽媽不會懂啦，要問年輕妹子。肚子多了一塊肉後，她的標籤就此簡化為母親，連做為一個女人的資格都沒有了。不是不期待寶寶的來臨，但媽媽這個字眼實在太缺乏想像力。享受了三十多年來自異性和同性的傾慕目光，現在她只覺得後悔也來不及，只想找個不知她身分的對象調情一會。

偷偷安裝了交友軟體，再從社群下載了三張遠房表妹的照片，小時候，親戚都說她們長得很像。想想表妹當年只是個小屁孩，現在竟然都穿這麼辣，住在美國果然還是有差。至於名字，就取個 Dizzy 吧，反正只是上班空檔隨便聊聊。肚子都凸出來了，真要約出去，她也不敢。

剛開始，她老是遇到怪人。不是講沒幾句就要約砲，不然就是照三餐問候你吃飽了沒。太久沒玩了，難道現在交友市場的品質都這麼差嗎？她一邊玩，一邊翻白眼，但依然捨不得離開這個世界。

到了第三天，終於滑到了一個吸引人的臉孔。三十七歲的 Ken 從事法律業，幾個月前從日本搬回台灣。畢竟是見過世面的人，聊起來就是感覺比較對。Ken

說，因為平常上班忙，生活圈又小，根本沒時間認識女孩子。第一次下載交友軟體，滑了幾天覺得沒什麼意思，正想刪掉時，剛好就遇見她（這句話竟然讓她臉紅了一下）。

儘管工時長，Ken 說自己每週會固定去健身、打籃球。週末除了偶爾去郊外走走，也喜歡待在家裡讀小說（唉，不像某人只愛打電動）。他們越聊越有默契，她覺得相見恨晚。如果人生重來，她會怎麼選？

兩星期後，某一天，Ken 終於說：碰個面吧！

她不斷給 Ken 打預防針，說自己最近太少運動，有點胖了，見了面不要笑她。照片加了濾鏡，也稍微修過圖，也許跟本人沒那麼像。Ken 體貼說：沒關係啦，放輕鬆，我這陣子加班吃了一堆鹽酥雞，肚子都出來了，你不要笑我才對。而且我的照片是幾年前照的，可能跟現在也不太像了。

穿了一件連身洋裝，她提前五分鐘來到相約的星巴克。先去櫃檯點了一杯熱拿鐵，她假裝不經意四處張望。

傍晚時分，儘管店內坐滿形形色色的上班族，她還是一眼認出來了。在說好的角落的那張桌子，丈夫直挺挺坐著，臉上是每次說謊時都會出現的神情。

她按捺住內心的驚慌和隨之而來的憤怒，現在只能專心思考，到底要過去叫他，還是轉身回家，當作一切從沒發生過？

幸福青鳥

要不是老林堅持，他是絕對不會幹這種事的。直到走進拍攝場地，看見滿屋子工作人員和燈光設備時，他還懊悔著。

老林的漂亮特助快步走來，客客氣氣向他和妻打招呼說：真不好意思，林老闆今天正好有緊急會議沒辦法過來，他交代我，一定要好好款待兩位，等下有什麼需求都可以跟我說喔！

他笑著跟特助點點頭。妻說，你太客氣了，我們只怕沒經驗，拍不好。

夫人不要這麼說啦，特助說。我們的新建案能請到兩位來拍平面實在太榮幸了，您們的知性氣質可以幫我們大大加分呢。再加上夫人今天氣色這麼好，一定會很順利的。

妻喜孜孜笑了，兩人開始聊起樓下新開的韓系咖啡館。

這女孩不簡單啊，難怪老林大費周章為了她辦離婚。他看看妻，再看看特助，歲月是很殘酷的。

／

不過話說回來，當年的妻，確實是很美的。

那時他還在讀博士，妻是大學部小說課的學生。做為助教，除了要跟課，偶爾替指導教授代打，還要幫忙改全班作業。某次，教授出了一個回家功課，要大家以第三人稱寫一篇自我介紹。連續改了三個小時，當他已經被連番出場的溫馨故事搞得昏昏欲睡時，突然看見一篇文字秀麗的短文，像是在夜裡喃喃自語，冷靜地說了一個發生在傳統大家庭的故事。他覺得自己的心被狠狠地刮了一下，慢慢滲出血來。下週上課，他便主動去找她聊天了。

後來，他在教授推薦之下，順利進了學校做助理教授，很快又升上副教授。不過這幾年，就像在烈日下等一個無止無盡的紅燈一樣，越等越煩躁。

而她畢業後以美女作家的名號出道，頭幾年確實寫了不少暢銷作品，甚至上過時尚雜誌封面。兩年前，製作人好友突發奇想，邀她去談話性節目當來賓。因為口條好、反應快，慢慢成為固定班底，通告越接越多。作家這個抬頭，只要出過書就可以永久使用，但美女是有視覺賞味期限的。因此，去年，她也悄悄開始去醫美了。

他知道妻身邊一直有人示好，畢竟他自己也被各色女學生環繞著。他們雖然已經分房很久，但在處理這件事上，倒是很有默契。神鵰俠侶不能少了誰，不然人設就不成立了。而儘管他痛恨上鏡頭，不過這次老林給的價碼實在不錯。

／

建案的名字叫「幸福青鳥」，為了展現豪宅生活悠閒感，攝影助理特別借了一隻色彩斑斕又貴氣的鸚鵡，讓牠停在皮沙發上。鸚鵡主人也跟在旁邊幫忙。妻向來喜歡小動物，看到鸚鵡非常開心。她用手逗弄鸚鵡，一邊跟主人聊天。

「牠好乖喔，不關籠也不會飛走嗎？」妻問。

「不會啦！飛走就沒飼料吃、沒冷氣吹啦！牠很聰明的。」主人說。

他也微微笑了。希望今天拍攝順利，晚上，他還要跟妻一起出席一場藝術圈的派對呢。

母愛

每當朋友問起為什麼喜歡他時，她總說：因為他撒嬌的樣子很可愛。在工作場合裡體體面面的大人，私底下只對一個人軟弱，這種反差最吸引人。

但後來她才知道，他撒嬌的對象還有一個人，他的媽媽。

能夠放肆地提出要求，把心情全寫在臉上的，肯定是從小就活在愛中的孩子吧。神奇的是，這樣的人往往也能持續遇見樂於他寵溺的人。

／

婚後，他們搬回家住。同住的生活不能說多愉快，那也並非沒有好處，例如她終於見識到他真正的撒嬌功力。無論任何時刻，只要他喊一聲餓，婆婆都會在第一時間變出食物。「他從小就是這樣，最黏媽媽。」婆婆總這麼說。

她想，交往時期，他竟然願意風雨無阻，每天騎車大老遠接送她上下班，真不簡單。那確實逼近真愛了吧。

／

懷孕時，因為每天忙著上班，三餐只好都交由婆婆打點。

她富貴手多年，尤其吃香菇和蝦米容易發作。為了怕婆婆弄錯，她手寫了一張過敏食物清單，用小磁鐵貼在冰箱上，也好好向婆婆說明了。但不知為何，儘管小心飲食，老毛病還是隔一陣子就會出現。問了醫生，也看不出個所以然。

又是一個他出差的日子。半夜，她餓得睡不著覺，偷偷開冰箱找前幾天鄰居送的蜂蜜蛋糕。沒想到，卻在冰箱最深處翻見一個玻璃保鮮盒。打開一看，裡面泡了滿滿的香菇。乾癟的香菇一泡水就回春，各個飽滿圓潤，在保鮮盒裡神清氣爽地漂啊漂。

而她突然想起某次撞見婆婆煮飯時，從冰箱裡舀了一瓢水，下鍋拌炒的景象。悶熱的夏夜，忍不住打了一個冷顫。

貓的報恩

那女人離開的隔天早上，她就帶著貓，進了他的屋。

家裡收得很整齊，她想，昨天想必打掃了吧。

他應該先洗了床單枕頭套，扔掉還沒用完的卸妝乳和衛生棉，再把女人忘記帶走的幾本翻譯小說塞進紙箱，準備改天拿去回收。冰箱裡沒吃完的巧克力就先擺著吧，說不定她也喜歡這牌子。成對的玻璃杯也留著，杯子是無辜的，洗過就可以用，更何況那還是他買的。

坐在床沿，他神態自若。她微笑著，感覺自己是來接收戰敗區的將領，光榮卻疲倦。

唯一麻煩的是那隻倉鼠。他說那是某天跑到他的店門口的，一時心軟就帶回家了。但她知道，一定是女人故意留下來的，那是她曾經存在的證明。

倉鼠在籠子裡轉圈圈，而貓死緊緊盯著。

今天夜裡就把籠子打開吧。她想，每個故事都需要一個全新的開始。

我們最健康

這是他們婚後的第一個颱風夜。下班前，她興奮地傳訊息說大賣場見，於是一小時後，兩人推著購物車開始採買。

他停在大包裝洋芋片前說：這個，晚上在家看電影可以吃欸。

她皺了眉頭說，這很不健康。你越來越胖了，肚子都是肉。不運動還敢吃這個，你知道這有多油嗎？

他安靜放回去。她滿意微笑。每次戰爭總是她贏，掌握方向真讓人安心。

於是購物車滿滿裝了大盒雞蛋、花椰菜、全麥吐司、肉片、牛奶和原味堅果。排隊結帳時她說，我們真是一個健康的家庭。

他看著隊伍前面一手抓著一支特價紅酒的牛仔短褲女子，心想，上週前女友的邀約訊息，好像還是可以回一下。

結果一不小心，他手上那盒預備作為晚餐的綜合壽司滑到地上，難看地撒了滿地。

選擇題

必須承認，還沒結婚時，她對他的能言善道是非常崇拜的。

差不多是兩年前，她剛進入這家公司時，主管就指派他負責向她解釋工作內容。從此，他常趁上班空檔教她幾招工作技巧，常常講到忘記時間。他擅長將複雜而瑣碎的事務講解得清楚好懂。雖然不是第一天出社會了，但他的熱情和耐心還是漸漸打動了她。

婚後，她負責照顧小孩，他繼續賺錢養家。各司其職的生活還算平順，直到上個月，他開始在家工作。

／

她依然維持著日常，準備三餐、洗衣打掃，只是要照顧的小孩像多了一個。以前他下班回家，還會幫忙顧一下孩子，但當上下班的界線被打破，她覺得他變得更暴躁了。

工作狀態裡的他，一樣樂於教育下屬，時而嚴肅、時而試圖展現幽默。但不知怎麼著，同樣的笑話聽在她耳裡只覺得膩。

她不明白自己當年怎麼會被這男人吸引，也不明白魔法怎麼會這麼快就失效了。

／

他的電話會議已經進入第二個小時了。

就算站在廚房切菜，她也聽得到手機另一端隱約傳來的女孩嬌笑聲。為了生存，在職場上誰都必須演好自己的角色。只是演著演著，演戲的、看戲的都容易信以為真。

這時，嬰兒被外面突然發出的汽車警報驚醒，在床上大哭了起來。他摀著手機，不耐煩地向廚房裡的她猛使眼色。

涼家婦女

她走進臥室、抱起嬰孩，想起床頭抽屜裡的安眠藥。

「要讓他睡一覺，還是自己先睡一覺？」她陷入深深的思索中，沒發現爐上煮麵的水已經燒開了。

丈夫的另一面

她終於如願和交往八年的男友結婚。

以關心為由，她要他每天分享 Google 定位地點。沒想到，向來厭惡拘束的他，這次竟然乖乖答應了。

於是每個下午，她總是坐在辦公室小隔間裡，欣慰地盯著手機，品嘗多年來始終沒享受過的、掌控全局的快感。原來這就是身為妻子的感覺啊，能夠名正言順地跟生活要一些什麼。往後和朋友聚會時，她也擁有可以炫耀的事物了。

她不知道的是，丈夫其實有兩支手機、兩個門號、兩個 Google 帳號。

她也不知道，那些炎熱的下午，他在那個男同事身上衝刺的時候，表情是多麼忘我又猖狂。

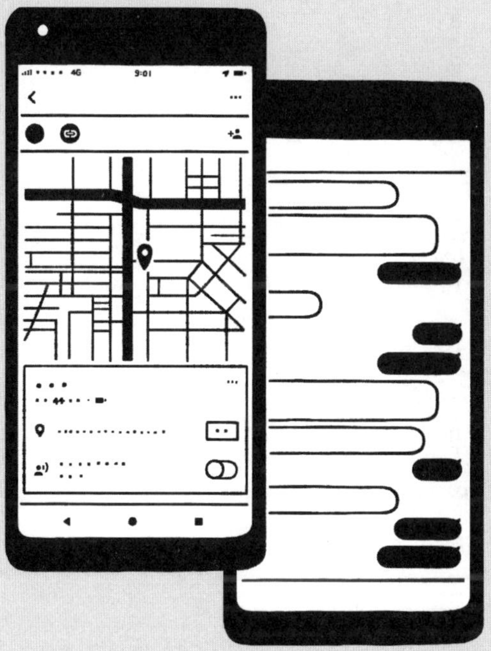
4G
9:01

最寂寞的時候

第一次見到她，是在社區大樓的電梯裡。他原本低頭在看手機裡妻傳來的訊息，一股舒服的香氣突然飄進鼻腔，他不由自主抬起眼。她禮貌地微笑，跟他一樣，到七樓。

他開門進屋，妻正在煮晚餐。「你有遇到隔壁新搬來的那個女的嗎？」妻從廚房大聲喊。他「蛤」了一聲，假裝沒聽到。心想，沒看過這麼適合短髮的女人，下巴線條真好看。

他向來只喜歡長髮，以前交過的每一任女友都是長頭髮，妻當然也是。但自從生了小孩，她就把頭髮剪了。雖然一頭毛躁短髮讓他完全失去興致，但他很識相地將這些話藏在心裡。

／

他們是七年前認識的，那時妻在公司行銷部門，就算每天加班到深夜，隔天還是神彩奕奕踩著高跟鞋出現。他每次在員工餐廳見到妻，都忍不住多看幾眼，卻總是沒膽去搭話。直到某次在同事起鬨下，總算讓他加了Line。

結婚三年好不容易生了孩子，卻診斷出亞斯伯格症。為了每天帶孩子上課，妻於是辭了工作，平常就跟貓一起窩在家裡。談戀愛的時候，他總喜歡笑妻個性直、脾氣壞，奇怪的是，自從做了家庭主婦，妻連對大樓管理員講話都客氣到讓人不自在。每次出門遇到鄰居，第一句話總是「不好意思」。他不知道他們一家人到底哪裡對鄰居不好意思了，只覺得這樣的妻讓他很不好意思。

／

晚餐後，孩子又開始哭鬧。他藉口下樓丟垃圾，晃去中庭抽菸。沒想到，在那裡看見電梯裡的她。

她尷尬笑了一下，順手遞打火機給他。就這樣，一個禮拜總有幾天，他們會在中庭共享一支菸的時間。她偶爾會問起妻的事情，他漸漸把七年來的種種告訴了她。一支菸不夠的時候，他們會再點第二支。

／

進入新的一季，他自告奮勇轉調中部，卻告訴妻是老闆指派的。雖然要學習自己打點生活，但久違的自由還是讓人悸動。

某個連假前的週五，工廠提早收工，於是他沒跟妻講就開車回家了。妻的生日快到了，聽了同事提醒，他買了一個小蛋糕，做為驚喜。

輕手輕腳打開門，眼前的景象卻出乎他意料。

沙發上，妻依偎在隔壁女子的懷裡，旁邊還窩著貓。夕陽暖光靜靜落在兩個沉睡的身軀上，那畫面如此和諧，讓他不知該如何反應。

只有貓醒來，責備似地對他叫了一聲，就跳下沙發跑走了。

跑馬燈

折騰了好幾個月，終於把她約出來。他從昨天開始就非常期待。

這間溫泉旅館是全台北市最高級的，一晚就要上萬元。之前妻說了好幾年，他也捨不得來。沒辦法，從小苦過來的，對於金錢總是特別在意。

他到現在還記得，小學五年級那一年做風颱，把家裡屋頂吹去一角。整個晚上，鞋子都在水裡漂呀漂。妹妹不懂事只知道笑，他內心的羞憤卻生了根，從此敦促著他死命往上爬。這種不知所措的感覺，絕對不能再有。

認識妻以後，生活和心靈終於都穩定下來。靠著娘家資助，他開始做起生意，沒幾年也闖出一番成就。

然而人就是不安分。剛出社會時，沒人當他一回事，成了老闆之後，周圍的人都對他畢恭畢敬，他卻厭惡他們的唯唯諾諾。年後，公司來了一個才畢業沒幾年的年輕女孩。她雖然剛開始也怕他，但才過一陣子，膽子就變大了。只有兩人的時候，就喜歡頂頂嘴，故意作弄他。

他讓她來做自己的秘書，成天一起開會，在外面跑行程。枯燥的人生突然長出顏色了。

下週是她的生日。上個月，她向他撒嬌討禮物。他於是騙妻，這天要跟老朋友去打高爾夫，其實是偷偷帶她去溫泉旅行。

泡在熱氣氤氳中放鬆筋骨，他看著她羞答答圍著白色浴巾走近，感覺自己半生的辛勞可能就是為了這一刻。他也曾跟妻去溫泉，但女人上了年紀後，就不把身體當一回事了。彷彿那只是即將報廢的容器，溫柔的象徵也再不足為奇。不過女孩可不一樣，越是遮遮掩掩就越美啊。

他興奮地站起來，跨出澡盆準備迎向她。

沒想到這時右腳一個打滑，他來不及抓住扶手，摔倒在地，頭重重撞上石子地板。房間裡迴盪著女孩驚恐的尖叫聲，濃濃血腥味瞬間衝進他的鼻腔。

「唉，忘記跟妻說保險櫃的新密碼了。」昏去前，他一心只想著這件事。

我們是真正的朋友

好久沒去好姊妹家過夜了。

自從小孩出生之後，她的時間通通被占滿。還在工作的時候，至少睡覺時可以擁有自我，但成為媽媽，就是真正的終身責任制了。再加上老公常常出差，大多數的日子，她只能待在家裡和小孩成為一體。自由？早就是上輩子的事了。

也不是不懷念上班族的生活，雖然偶爾寂寞，可是晚上總是精彩。昨天，她突然懷念以前那個和閨蜜鬼混的自己，忍不住和老公大吵了一架。比起小孩，這傢伙真是越看越討厭，而且還毫無學習能力。

大概是被昨天的爆發嚇到，老公說，明天禮拜六，你晚上就休息一下吧，我來顧孩子。

她化了淡妝，衝出家門，準備去閨蜜家一起好好看部電影。

／

因為晚上在家 concall 累了，閨蜜說，我去洗個澡，你先休息一下喔。

她想，上班族也真是辛苦，難怪今天臉色特別差。和魔鬼的交易，需要用靈魂來換取。為了生活，大家都不容易。

閨蜜的筆電就放在客廳桌上。她突然想，來查一下機票吧，明年過年約老公去日本玩個幾天，他在公司肯定也受了不少委屈。

掀開筆電，歐，要密碼。

她打了閨蜜的生日，0315，身為多年好姊妹，她知道這個習慣。是錯的。

密碼提示跳出來：老公生日。

她下意識輸入1202，enter。

哎呀，正罵自己怎麼這麼白癡，又不是全世界都你老公時——那一瞬間，電腦解開了。

貴婦入門手冊

每週四下午三點到五點，這是她和兩個閨蜜固定聚會的時間。

「你們看我今天背的這個小香，我老公送的。」她說。「我跟你們說，貴的餐廳就是要跟老公去，讓他付錢。自己跟朋友約的時候，就挑附近的咖啡店，比較省錢。」

閨蜜A和閨蜜B眨著甜蜜無邪的雙眼，微笑點頭。

A和B都是新手貴婦，還在練習怎麼度過不用上班的十小時。特別是老公每天不是加班就是應酬，與其一整天待在家看IG、逛網購，出來喝咖啡透透氣還是好一點。

「我老公說今年跨年要去紐約過，我跟他說不要，我們都去過多少次了，好無聊。他還是硬要去，說什麼我辛苦一整年要慰勞我……」她還沒說完，四歲兒子

涼家婦女

不小心一揮手打翻了冰沙，鮮紅的火龍果汁通通翻倒在白色雪紡紗裙上。女生們尖叫出來。她匆匆忙忙抓了幾張紙巾擦拭裙子，就帶著兒子回家了。

「笑死了，她老公跟那個小女生搞在一起，她都不知道嗎？」A翻了一個白眼輕聲說。

B不小心笑出聲音，但被隔壁女孩瞪了一眼，趕緊掩住嘴。天色仍亮，她們的下午茶時間還沒完呢。

更好的人

肺炎疫情爆發三週後，他終於拖著行李箱回家了。

她前幾天就開始急急張羅吃食，準備了白米、麵條和生鮮蔬果，冰箱最下層也擺滿他最愛的啤酒。因為從警示地區回來，他得在家待滿兩個禮拜。身為盡責的妻子，她乾脆跟公司請了假，在家好好照顧他。

結婚兩年後，他就轉調去國外分公司。距上一次回家，也已過了快半年。對她來說，這段日子雖然有點寂寞，但並不討厭。長跑八年後的婚姻，可能都像他們這樣簡單平凡吧。比起剛開始的激情，她感覺兩人現在更像是很有默契的隊友，一起面對現實人生（更何況房貸還需要他繳）。

只是她不知道，他在異地的生活有多豐富快樂。

／

這趟回來，他其實打算跟她攤牌。

剛離開家時，確實是不習慣的。不過，在他意外認識隔壁部門的新同事後，就不一樣了。剛開始只是相約午餐、討論工作，偶爾才在下班後碰面。後來，在某一次試探性地相約週五晚餐後，也就顧不得踩煞車了。

高薪工作、完美的女朋友、遠方穩定的家庭，他對現在的生活非常滿意。

誰知道病毒蔓延，公司突然宣布收掉國外據點。他和女友搭同一班飛機回台，分開時約定兩週後再見。

／

回到熟悉的環境，還是挺舒服的。她生性體貼，再加上彌補心態，因此將他照顧得無微不至。

而女友住進市區的飯店後，每天傳訊息跟他抱怨日子無聊，抱怨飯菜不好吃，還有飯店窗戶太小，看不到市區街景。他沒想到之前那個獨立迷人的女子，竟然也有這麼煩人的一面。隨著日子一天天過去，他在心中排練起分手。他真的想回家了，想做一個更好的人。

只是他不知道，回來的第二天晚上，偷情痕跡就被心細的她發現了。

她問了律師閨蜜怎麼搜集證據，不動聲色地。

她打算隔離結束後就跟他離婚。

壞禮物

結婚多久了，他還是惦記著她。

學生時期，她是學校裡的風雲人物，會街舞、會唱歌，講話犀利又長得美。留學回來後，她順利進了外商，一路升上部門主管，還嫁了外國老公。人生勝利組的姿態，大概就是這個樣子。

十多年來，他告白過幾回，卻都被巧妙拒絕。回家看著平凡的妻，心裡總覺得有個缺憾。

今年聖誕夜，她邀了六七個老同學到家裡聚餐，其中一人提議來玩無用禮物的交換。於是有人帶了笨重的炒菜鍋，還特意包在精品紙盒裡，有人帶了被拆成一半的桌遊，還有人帶了一套粉紅卡通睡衣。

妻抽中了某個同學帶來的一盒保險套，每包中間都刺了一個洞。幾個男人笑得東倒西歪，開始講起低俗的笑話，聲音越來越大。

也許是喝多了，平常不太講自己生活的她，突然自白，自己半年前其實已和老公離了婚，最近交了一個女朋友。雖然兩個人沒有太多時間約會，但是內心很平靜。她說，也許這樣才是對的。他青天霹靂，覺得很不是滋味，忍不住連灌了好幾杯紅酒。

恍恍惚惚中，他走去她家廁所，洗完手後卻不小心摔了一跤。站起身時，在廁所角落看到一只遺落的S型耳環，那造型非常眼熟。奇怪，到底在哪裡看過。

他一邊洗手，一邊照著鏡子，突然傻住——

是了，另外一只耳環，不就躺在家裡廁所的洗手台上？

成雙

在她要求之下，今晚他難得沒有安排飯局，回家吃飯。

這天是冬至，她從下午就開始準備菜色。薺菜鱈魚、香辣獅子頭、梅干扣肉、螞蟻上樹、麻婆豆腐……道道都是他喜歡的。他吃得鼻頭發油，整桌菜通通吃光，還開心得添了第二碗飯。

／

他向來喜歡她做的菜，也深深為之自豪。還沒結婚前，他們就常邀請朋友來家裡聚餐。大家都說，大嫂的菜最好吃了。

但不知不覺間，他開始逃避在家吃飯。不是因為菜色重複吃膩（畢竟她永遠變得出新菜），也不是因為遇上新的吃飯的伴（至少那時候吧），或許就是因為，太好吃了——隨著時間過去，一道道做工繁複的功夫菜從禮物變成沉默的控訴。每吃下一口就提醒他，是誰放棄了原本的工作，無條件跟著他到另一個城市生活？

她越賣力，他越焦慮。於是，他漸漸減少回家吃飯的頻率，後來乾脆不回去吃了。

／

晚飯後，她準備了傳統市場賣的手工湯圓。問他想吃幾顆？他思考了好一陣子說：「不然，三顆吧，剛剛吃太飽了啊。」

沒想到端上桌的，是一個盛了六顆白胖湯圓的大碗。四顆他的，兩顆她的。

「人家說，湯圓要成雙，人才不會落單。」她一邊撈起兩顆湯圓，一邊說。

他打了一個飽嗝，緩緩拿起湯匙。

／

看著他非常勉強地咬下湯圓，她想起上週發生的怪事。

那天下午，臉書跳出一個通知，問她要不要在照片裡標註自己。那是一張在某間中菜館拍的團體照，裡面有十來人，但絕對不可能有她。仔細看看被辨識為自己的那張臉孔，咦，還真有幾分神似。但更吸引她目光的是緊貼在那個女人旁邊的笑臉，是他沒錯。

好奇追查之下，她很快就找到女人的帳號。交叉比對種種痕跡，確實很清楚了。

今天中午，女人發了一張公開照片。一只湯碗，四顆湯圓。貼文寫著：第一次在新家吃湯圓，祝我們冬至快樂。

儘管整個下午試圖把心思轉移到做菜，但只要一想到那張照片，怒氣還是直衝頭頂。

但她想，不急，等他全吃了再說吧。

結婚紀念日

結婚這麼久，他們不只一次被勸過離婚，真沒想到，還是撐到了三十週年紀念。她站在餐館廁所的鏡子前，一邊用雙手梳整頭髮，一邊想著。結婚以來，他們爭執不斷，剛剛出門前，也才為了他要穿什麼外套而吵了一架。這樣一對夫妻能走到今天，還真是不簡單。

他總是喜歡在大家面前裝無辜，說她凶，說她愛罵人，其實怎麼能全怪她呢？像他這種連外出該穿什麼、需不需要帶雨傘、週末能不能打電話叫女兒回家吃飯都做不了決定的人，就是惹人生氣。真想不透，自己當年是看上他哪一點，怎麼會願意答應結婚，還一不小心生了兩個小孩呢？

為了慶祝結婚三十週年，女兒幫他們在老牌川菜館訂好兩桌，邀了常常相約出遊的老同事和老朋友。她退休以後，規劃旅遊成為陪他上醫院回診拿藥以外，排名第二重要的事情。今天來的幾乎都是她的朋友，不用看到他那些狐群狗黨。這群自以為幽默的老男人，連笑話講的都是十幾二十年前的舊事，只有他們自己覺得有趣。到了這個年紀，她已懶得陪笑取悅別人了。

客人陸續到齊，大兒子也趕在上菜前的最後一刻，帶著老婆小孩坐定位了。兒子和他老爸的個性完全不一樣，這點讓她非常欣慰。大學畢業前，丈夫百般說服兒子去考公職，不僅薪水穩定，還可以繼承自己的人脈。兒子死都不聽，跟著朋友跑去創業，結果幾年下來，竟然還真給他闖出一點成就，連車子都換了第二台。女兒就讓她頭痛了，看上去乖乖的，脾氣卻比誰都還要硬。每次吵架，只會站在爸爸那邊，一點忙也幫不上。不過算了，等到女兒長大嫁人，自然就會懂了。

上甜品前，餐廳經理滿面笑容過來招呼。知道是三十週年結婚紀念，經理特地準備了水果招待，還嘴甜地說，下一個十年記得也來這裡聚餐喔！丈夫大概是喝得開心了，接著經理的話說：「你們服務這麼好，別說下一個十年，再下一個、下下個，只要還活著都來！」唉，這個笨蛋忘了陳姊老公還在醫院裡，當著人家的面講這種話，真的是完全不用大腦。多虧剛剛聊得那麼開心，你看看現在陳姊臉色都變了。

為了轉移話題，她趕緊請餐廳經理幫他們拍一張紀念合照。拍完照才剛坐定位，眼角餘光卻看見一個眼熟的女人朝這裡走過來。

「王大哥——」女人嬌聲叫了丈夫。她想起來了，是他以前單位裡的女職員，臉是老了，身材倒還是挺瘦長。她曾經在一次團體出遊時見過女人，那時，她才剛跟丈夫交往，總覺得他看這人的眼神不太一樣。

聽到女人的叫喚，他頓時手足無措。一揮手，竟然把桌上的茶杯打翻了，急急忙忙抓起紙巾猛擦。「這麼老了，做事還那麼急躁，你到底在幹什麼！」她終於忍不住了。

女人輕柔說，哎呀我這裡也有紙巾，王大哥沒有燙傷吧？她內心一陣惱火。正要開口時，丈夫突然摟住她的肩，笑著對女人說：「今天是我們三十週年結婚紀念啊。好久不見了，這麼巧，竟然在這裡碰見你。」

不知怎麼的，她的情緒瞬間煙消雲散。

餐會結束後，他們倆又歡歡喜喜地坐上兒子的新車，準備回家睡例行的午覺了。

贏家

作為記者，她的工作是提問。但經過那一次她才知道，如果沒有非得知道答案，有些問題不如不問。

她和他是研究所同學。懷抱著對正義的淺薄想像，畢業後一起進入媒體業，做了記者。剛開始的確是相當愉快的，他們住在郊區，過著最低生活水平的日子。雖然不外食，下班後去黃昏市場撿便宜的菜，偶爾也邀同事朋友來家裡吃吃飯。窮酸，但還愜意。

直到婚後五年，他執意跟著舅舅去對岸投資。沒錢還是不行，那裡比較好賺，他說。

她最後一次看到他，是找他回台辦離婚的時候。

是她的錯。說好一年回來一次，誰知道才見完第二次就出事了。她以為自己耐得住寂寞，卻忘了夜晚很長，而人生很短。不管用再高級的化妝保養品，都難以延長賞味期限，什麼都要趁新鮮。

匆匆一見，她發現他不如訊息中說的那樣滋潤，說話時也不像以前那樣伶牙俐齒。雖然沒有堅持太久，但簽字的時候，他還是偷偷抹了眼淚，以為她沒發現。房子賣了，小孩留給她。而他終於也跟昨日的新聞一樣，成為她的歷史了。

後來再聽到他消息，竟然就是十年後的葬禮。據說是腦中風，很快就走了。她帶著兒子去會場，畢竟夫妻一場，還是有些情分。她感慨著這意外的結局，卻也慶幸身邊還有孩子。不像他，心裡只有錢。賺那麼多，最後孤苦一人死了又怎麼樣。

想著想著，轉頭發現旁邊坐著一個穿國中制服的少年。看著生分，不知道是哪個遠房親戚的孩子，年紀竟然跟兒子一樣。

「你是……？」她問。

「我是他兒子。」男孩指著最前面掛著的那張照片說。她現在才發現，那臉笑得真賊。

不再回來

他忘記當初為什麼會決定帶小女友來這場演唱會，也許是因為好友夫婦起鬨，也許是單純不想一個人來這種場合。總之，現在他是後悔了。

十五歲的年齡差距，以流行音樂來說可能已差了半個世紀。他拖著書包哼唱「I Miss You Baby Everyday I Miss You」的時候，小女友甚至還沒出生。梁靜茹在他心中，依然無畏地唱著「愛真的需要勇氣」，但對女友來說，只是又一個失婚過氣的女歌手。這些歌裡的旋律，只有之前的妻才懂。

是了，他想起為什麼不願自己來了。因為這是妻最喜歡的女歌手。

／

妻幾乎會唱她的每一首歌，因此，那時他的車上也只播那幾張專輯。自從大學開始交往，再到他們結婚、他的出軌、分居、離婚，十幾年下來，竟然也變成他最喜歡，或說最熟悉的女歌手了。

今天是她封麥前的最後一場演唱會，小女友是他的護身符，帶著才能鎮住他的氣，因為很多人都會來。嗯，很、多、人。

／

只是他明顯感覺到女友整夜都在發呆，只有特別來賓出場的那十分鐘才亮起眼睛。那個饒舌歌手一臉痞氣，確實是現在年輕女孩會喜歡的樣子。雖然他耐著性子聽完，還是不懂。

他偷瞄隔壁的好友夫婦，他們跟著女歌手一起搖擺唱和，看起來很陶醉。認識這麼久，他們竟然還在一起。為什麼有些人就是比較幸運？

這時女友說，我出去抽根菸。

／

趁著沒人注意，他拿出手機，想確認妻是否也來了。這樣的夜晚，還是需要一個知音。

他點開妻的臉書，發現她今晚竟在某個酒吧。光彩炫亮的照片裡面，一個笑得無邪的小鮮肉親暱地摟著她，兩個人看起來好開心。

他感覺自己真的，好老好老了。

最後的祝福

她沒想過，分手兩年多後，竟然是以這種方式聽到他的消息。不對，正確來說，應該是他的妻子的消息。

當初，他們分得並不漂亮。大學班對、交往十年，周遭親朋好友都以為兩人結婚是遲早的事，誰知道他竟然跟客戶搭上線，還讓對方懷孕了。一開始，他死不承認發生了什麼事，只說在一起太久了，想要一個人靜一靜。直到提了分手後的隔幾天，被她的閨蜜遇見他牽著客戶的手在街上閒晃，這才在好友圈傳開。

顧及他的面子，她一句狠話也沒說，卻在衝動之下提了離職。窩在家消沉了好一陣子，被閨蜜拉著爬山、上瑜伽、學畫畫，好不容易才變回人形。

休息三個月後，她被之前的老闆找去電商公司做客服。這是她從未嘗試過的領域，因此非常猶豫，但閨蜜鼓勵她：「你連對那個渣男都可以好聲好語，還有什麼人不能應付？」她想想也是。

沒想到，就這麼遇到他的妻了。

那是一筆嬰兒揹帶的訂單，買家以顏色不符預期的理由申請退貨。她順手一查訂單，啊，竟然是他的妻。這個名字，她在臉書上搜尋過無數遍，一眼就認得出來。這筆訂單的收件人電話還留他的呢。離預產期還好幾個月，現在就開始準備這些東西了啊。看看收件地址，分手後，他果然是搬離那條巷子了。真可惜，她好喜歡巷口那棵茂密的老樹。時間總是能在樹上留下美麗的痕跡，人就不一定了。

陸陸續續，那女的又買了一些玩具和安撫奶嘴，偶爾還會買買教養書、衛生紙和一些他愛吃的零食。跟著這個購物清單，她勾勒起無緣參與的家庭生活。又想起他曾一天到晚說，還不想結婚、最討厭小孩。她分不清自己是慶幸，還是憤怒多一點。

所以她決定送他一個禮物。

大概明天中午前，他那在家待產的妻，就會收到這個包裹。收件人是他，裡面是他最愛的進口洋芋片和極涼口香糖，還有一盒剛上市的超薄保險套。希望他會喜歡。

涼家婦女

小香不見了

早上剛開店沒多久，她就發現小香不見了。長型玻璃缸裡，只剩小劉緩緩划著水。

小香和小劉是她和丈夫養的巴西烏龜，從丈夫生病那時到現在，已經養了快一年。昨天關店前，她還撒了一些飼料進去，因此不可能是別人偷走的。那麼，小香是半夜自己爬出來的嗎？每天什麼事也不用做，光趴在石頭上發呆曬太陽，原來，牠們也會想從這種生活中逃跑。

也是，看似舒適的日常，往往沒有想像中美妙。就像每次朋友說，好羨慕她和丈夫一起開店過日子，她總是淺淺一笑，不多解釋。說真的，要是當初知道丈夫會失業這麼久，她是絕對不會貿然開咖啡店的。

認識丈夫的時候，他還是公司裡意氣風發的小主管，回到家總是十分溫柔。誰知道某天受老闆異動牽連，突然被調到沒人理睬的單位。他一氣之下離職，情緒低落了好久都不願意出門。幸好，他們早說了不生小孩，還從公婆那繼承了一間老公寓。一樓改裝成店面，他們就住二樓。偶爾，他狀況好，就下來店裡幫忙。加上之前的存款，暫時也還過得去。

待在家的這段時間，丈夫唯一的興趣就是照顧烏龜。醫生說，小動物會有幫助，於是某天關店後，她去夜市買了兩隻小烏龜。丈夫好開心，還從兩人的名字中各挑了一個字，命名為小香和小劉，每天餵飼料，偶爾換上乾淨的水。原本是因為怕麻煩，所以她選了一種最方便的寵物，沒想到漸漸地，她也開始欣賞這種生物的安靜與緩慢了。

／

店就這麼大，還能跑去哪？雖然這樣想，可是她找遍每個角落，就是沒看到小香的蹤影。

丈夫聽到消息，急急跑來店裡。雖然什麼也沒說，但臉上滿是焦慮，不自覺又啃起左手指頭（他一緊張就會這樣）。她自責當初怎麼不在玻璃缸加上蓋子，後門的紗門也要趕快修好，不然實在太容易被鑽開了。

她在地方臉書社團發文協尋，懸賞一萬元，但過了幾天依然沒消息。某天店休，丈夫忙著整理存貨，她開車去郊區的大賣場採買生鮮。回去路上，正巧看到一間水族店，靈機一動，乾脆鑽進去買了一隻大小幾乎和小香一樣的烏龜。真的沒辦法，就請你委屈一點，以小香的名義來我們家吧。

一回到店裡，她便高聲叫喚丈夫說：有鄰居撿到小香了！

沒想到，轉頭一看，水族箱裡竟然有兩隻烏龜，貪婪吃著飼料。丈夫爽朗笑：剛剛打掃到一半，發現小香卡在兩個盆栽的夾縫裡。離家出走這麼久，一定餓死了。

她頓時不知該如何反應，只能尷尬笑說，糟糕，我們現在有兩個小香了。

丈夫咧著嘴說：不然換個大一點的水族箱吧。

於是這一天起，兩人三龜過著一如既往的生活。

白雲悠悠，只有小劉知道，小香真的不見了。

血月

她其實沒有那麼厭惡這段婚姻，偶爾甚至覺得幸好遇上了他，否則不知還得在情場上浮沉多久。不過，大多數的時候，如果真的讓她坦白說，她可能寧願回到單身的時候。

以前，她就知道他會是個好丈夫。去他家過週末時，打掃都是他處理，煮飯也是他擅長，從公寓陽台上的幾盆植物到家裡那隻老狗，他通通打理得很好。但她沒想到，當她正式成為環境中的一分子後，感受就不一樣了。

生活細節可以慢慢磨合，但最讓她難以接受的是，他堅持夫妻就是要一起行動，才像個家。因此，她和那些酒肉朋友的下班聚會再也不被允許，畢竟就連她去巷口賣場採買雞蛋（其實是想放個風），他也要跟。真的逼不得已需要加班、出差，她不但得盡早報備，還要看他幾天的臉色。

不過上有政策，下有對策，如果可以得到自由，她願意忍受抱怨。他固定每週四會跟朋友相約打球，從前都會要她跟去，但正好天氣變熱，她有充分的理由可以缺席。因此，每週四晚上，她都會以公司應酬為藉口，去老黃家喝個開心。

她和老黃從大學時代就混在一起，婚前為止，都還常約著喝酒。雖然他們曾經發生過一點什麼，她也或多或少還感覺得到一些什麼，不過各自還算能守好界線。至少，到現在沒出過亂子。老黃住在附近社區大樓，走路只要十五分鐘，家裡收拾得舒舒服服，是個可以窩著聊一整晚的好地方。更重要的是，他的女友在另一個城市工作，一個月頂多過來一次。

於是，她的放風計畫就此展開。老黃是個很好的聊天對象，善於發問和聆聽，人又幽默好相處。常常，當她說起婚姻，忍不住黑暗過頭時，老黃總是能適度把她拉回來。她發現自己的狀態變得越來越好，回到家後，也不跟他吵架了。生活中有個調劑真是不錯，她想，不知道他有沒有發現她的轉變。

某個週末晚上，他們搭捷運回婆家吃飯。回程，他突然興致一來說：聽說今天月全食啊，不如提早下車走一走吧。

走著走著，竟然就要經過老黃那棟大樓。她心虛地低下頭，眼神刻意看向遠方。誰知道就在走到大樓底下時，正在圍牆邊抽菸的警衛突然殷勤地對著她叫道：黃太太，要不要順便領一下包裹？

輯三

日光燈下

辦公室是日常劇場，燈亮揭幕，演員們請記好走位。什麼時候該出聲說話，什麼時候要安靜觀察，除了天份，還要反覆多練習。只可惜不論如何光鮮亮麗妝點起笑臉，還是會在陰暗的角落裡不經意洩露了自己。

這是一種祝福

今天是她第一天上班。和新老闆和同事們打了冗長的招呼之後，終於領到工牌和一台筆電。

新人總是沒事做。她登入公司內網，在系統裡計算著自己今年的假期。意外發現一欄記載著這台筆電的使用時長。

五個月。

她忍不住開始思考，上一個主人發生了什麼事。這個人當初應該也跟她一樣，滿懷著憧憬來到這裡吧。他是男是女？什麼星座的？中午都喜歡去哪裡吃飯？是不是也覺得老闆的頭髮有點臭？

兩個月後，在天氣開始轉熱之際，她也離職了。

茶水間裡，待了十年的資深同事把這事當笑話說：

「這台電腦是不是被詛咒了？」

「不，這可能是種祝福。」

幸福快樂的日子

每當有同事嘲諷他占盡公司便宜，他總是理直氣壯地回嘴：不然你以為我當年為什麼要認真讀書？

確實，為了進這間跨國企業，他可是從學生時期就付出極大心思。家裡先天條件不好，爸媽不計後果生了四個小孩，卻又沒有太多賺錢的本領。印象中，成長的每一刻都是在吵吵鬧鬧中度過。作為長子，他很早就認知大人的無知與軟弱。無論如何，必須成為自己的父母。

幸運的是，他不知從誰那裡遺傳了一點小聰明。大學考上熱門的理工科系，畢業之後，順利進了這間公司。成為正式員工的那個月，他也搬離了擁擠的家。

公司以員工福利聞名。零食飲料吧成天隨你吃，中午在員工餐廳解決（每天還會更換菜色），晚上只要加班，就能領一個熱騰騰的便當。於是，他每天早早進公司。只要兩片白土司配上公司的現煮咖啡，就是完美的早餐。夏天熱，待在小小的租屋處也只是浪費電，乾脆三餐加消夜都在這裡打發。偶爾趁沒人注意，就去零食吧多拿些茶包、香蕉、餅乾和可樂，放假時帶給還在讀大學的弟弟妹妹。薪資和福利都如此優秀，他告訴自己，這輩子無論如何都要賴在這裡。當然，如果還能撈到更多就好了。

也許是上天聽到了他的懇求，第二年的春天，他在社內聯誼裡認識了財務部門的她。那天的活動是手作巧克力，兩人一組，他們正好分在一起。巧克力豆需要從頭開始磨，他看她磨得滿臉通紅，果斷地從那雙纖細白淨的手裡接下研磨棒，她感激對他一笑。

後來，偶爾他們會相約午餐，飯後再來一杯咖啡。福委會辦的電影放映會或舞台劇表演，他也約她一起去。她一定是好人家的女孩，不僅吃飯不疾不徐，對那些藝文表演也瞭若指掌。跟她在一起，他覺得自己終於慢下來，能夠享受生活的餘裕。

再過一年，家裡的債務就還得差不多了。他想，到時候兩人結婚，還能參加集團婚禮，領一筆禮金啊。

他方方面面都算好了，只是沒想到她的部分。

／

認識沒多久，她就知道他們都是匱乏之人。只不過他缺的是錢，她需要的是愛。

父親的外遇沒有影響到家裡的生活，但是害慘他自己，生病之後，不僅母親放手不管，女朋友也離開了。錢能解決的事都是小事，最後那段日子，她常想起父親以前最愛說的這句話。因此，替父親請了一個全日看護之後，她也就毫不愧疚地離家了。

像他這麼小氣的男人，絕對不會背著她亂搞。畢竟交女朋友花錢，離婚更花錢呢。她是這麼想的。

不要再見

他們終於分手了，在交往第一六四三天的那個晚上。

她默默在屋子裡收拾，把牆上一張一張的合照撕下，夾進書本裡。衣櫥裡的內衣褲，看來他早就收拾好了，都是今年新買的，還是帶走好了。純銀項鍊不打算還給他，那是她應得的，誰叫他先勾搭上了辦公室那個新來的妹子。

「對不起，你自己保重……」他紅著眼，對她說了最後一句話。

她沒回應，只點了點頭。

輕輕帶上門後，她忍不住笑了出來。如果真要說對不起，怎麼樣也是由她來說。畢竟她可是耗費半年布局，都是為了要離開他。

身為HR的好處，就是可以完美掌握他的部門招人狀況。從五十幾份履歷裡，她精心挑選了三個從好學校畢業的女孩，年齡、星座、長相、背景都完美無缺。

面試前，她在電話裡分別跟三個女孩細細叮嚀了一番，主管的喜好、部門目前的業務需求、怎麼包裝自己的經歷……其中一個女孩感激得幾乎哭出來，卻不知道在電話另一頭，她的眼神有多淡漠。

順利把人送進去後，就是靜靜等待收網——想想那女孩也挺無辜的，再過一陣子，她才會知道那男人的占有慾有多強、發起脾氣來有多瘋。

安全下莊真好，她品味著得來不易的自由，開始想著明天要約哪一個姊妹一起晚餐。

減肥的理由

她的生活裡只有一件重要的事，那就是減肥。

儘管同事們都說，四十三公斤的她早就瘦到皮包骨了，但是沒有任何人可以阻止她。

「不曾因體重被羞辱過的人，永遠不會理解。」每當同事勸說，她就會悠悠講起自己國中時期被霸凌的故事。鞋子被同學從三樓丟下，每次體育課都沒人想跟她一組，各式各樣與胖有關的綽號。故事說完後，再健談的同事也只能默默走開。

於是每個中午，她總是獨自吃著沒有味道的生酮便當，一邊享受無法飽足的感覺，一邊試圖辨識出脂肪燃燒的聲音。

同事邀吃涮涮鍋、麥當勞、日式定食，她一次也沒參加。後來，也沒人再開口約了。

當然還有另一個原因。

那就是公司樓下每天來賣生酮便當的小哥，其實正是她的菜。

明天想吃什麼？

他的便當，永遠是辦公室的話題。那些高檔的菜色如避風塘軟殼蟹、梅干扣肉、老皮嫩肉，總是輪番出現在便當盒裡。有些時候，他甚至還會多帶一小鍋竹笙雞湯，香死大家。

男同事對他羨慕，每到中午只能摸摸鼻子、成群結隊去吃公司對面便宜的自助餐。而他對女友的忠誠，更是讓女同事嫉妒。

他的臉書除了偶爾分享工作感想，絕大多數都是和女友出遊的照片。東京、首爾、西雅圖、香港、巴黎、比利時。宜人景色加上精緻餐點，光看照片，就能想像這對戀人有多甜。

對，只能用想像的。因為說也奇怪，他的照片裡永遠只有風景和美食，那位傳說中，人美手藝又好的女友從未出現在上面。點進她的臉書頁面，也只看得到他

tag過的發文，大頭照就是一隻胖胖的橘貓。

「她不喜歡拍照。」同事好奇問起時，他總是這麼回答。

反正大家的交情也僅止於公事，下班之後的樣貌，只是上班無聊時拿來打發時間用。因此日子一久，也沒人再問起了。

不過，他其實很希望有人能好好問問他。

因為他也很想知道，這些做便當給自己、出遊時發文標註自己再審批通知的日子，到底是怎麼過的。自從那女孩十年前離開之後。

咫尺

「你現在單身嗎？」

「單身多久了？」

「喜歡什麼類型的女生？」

身為一名婚友社員工，她的工作是理解客戶的需求，替他們找到最合適的人選。婚姻講白了就是一場交易，用你擁有的，與對方等值交換。假如年收一般、外貌平平，卻想要換到超出自己價值的對象，多半只是白費力氣。就算真的換成了，背後可能也有看不到的陷阱。畢竟要是真的有這麼優質的對象，怎麼會淪落到人肉市場論斤秤兩。

這行做久之後，她已經練就一身功夫。只要聊過十分鐘，她就能摸清一個人的底。其實能清楚開出條件的人還好處理，說不出理想條件，口口聲聲只在乎感覺的人，往往最棘手——就跟那種最難搞的老闆差不多。

而她最開心的時刻，就是收到客戶告白成功的訊息。這是身為一個小小上班族的最大勝利。

那開心足以讓她暫時忘記，兩年來，自己始終無法開口問隔壁的同事一句：你單身嗎？喜歡什麼類型的女生？

你所不知道的

這是她的第一份工作，因此也是第一次失業。

走出那棟只待了半年的大樓，她回想起第一天踏進來的雀躍和緊張，感到格外的失敗。

「那個中年男子到底憑什麼否定我？他根本不懂年輕人喜歡什麼。」她憤怒想著，一邊搭上公車，準備去演唱會現場跟朋友會合。半年前買票的時候，她怎樣也沒想道，這天碰巧就是她在公司的最後一天，像是一份畢業禮物。

熱力四射的韓國少女果然可以撫慰任何受傷的心靈，三首快歌過去後，她感覺那個自信的自己稍微回來了。沒想到，下一首歌的前奏才剛下，她竟發現前方有一個特別突兀但又熟悉的身影。

她呆呆地看著隨音樂手舞足蹈的大叔。他戴著平時那副黑色膠框眼鏡，稀疏的頭髮隨著節奏在空中飄動，表情是她在辦公室裡從未見過的光彩明亮。

那一瞬間，她發現自己再也不恨了。

想太多

人到中年，他才第一次感覺到自己活著。

這新來的秘書極懂他的心思，電話撥出五秒內一定接起來，再晚傳訊息過去，也會在一分鐘內回覆。她知道他容易焦慮，只要狀況不在掌握內就會不安，因此大小事情都會即時告知。

不只工作，她連生活瑣事也打點得妥妥的。不用他開口，每天下午時間到了就會送上一杯熱美式，難得請一天假，還會交代同事一定要買他習慣的那一家。出門時，她的包包裡絕對備著充飽的行動電源和兩種充電線——老闆事業做得大，手機一支蘋果、一支安卓，兩支都要顧好。

點菜時，她會記得他愛吃肉、不吃蝦，不吃芹菜和香菇。身體不好，所以包廂裡的冷氣不能太強。有一次，他不小心聽到她在電話裡向餐廳吩咐，他內心的某個引信彷彿也被觸動了。

自從兒子一年前上國中，妻的心思就不在他身上。他常常覺得自己是透明的，只剩下討人厭的氣味（妻總嫌他身上的菸味），還能證明自己存在。外頭再怎麼呼風喚雨，回到家後，其實也就是個缺愛的巨嬰。

這禮拜，妻帶著兒子一起去美國出差，順便去看未來的學校。他忍不住開口：晚上要不要一起吃個飯？她很快答應了，還回以一如往常的迷人微笑。

他開車載她去餐廳，服務生殷勤推薦了招牌生蠔，他吃了一顆覺得特別新鮮，又高興再加點一份。在昏暗的燈光下，他講了一個又一個年輕時候在商場打拼的故事，她一邊喝著昂貴的紅酒，認真聽著。

兩個小時很快過去了，他起身去廁所，順便看看妻傳來的Line。嗯，西岸的晴天就是他現在的心情，今天晚上……

才想到一半，手機竟又跳出一條訊息：「對啊，我還以為他今天是要跟我說加薪耶，吃好久好累喔！」

還來不及點開，訊息瞬間回收了。遺留下的痕跡像是一根針，輕輕一刺，就讓他失血成河，暈眩倒地。

讓子彈飛

真希望一切永遠持續下去。她穿著不合身的迷彩裝、和他比肩躲在草叢裡時，忍不住這樣想。

公司今年的團建是漆彈，對於團體活動意興闌珊又不擅長運動的她，原本打算請假，但在人情壓力下還是報名了。負責籌劃的人資部門主管說：「我們努力辦活動，也是想讓大家開心一點啊。要是大家都不想去，真的會很傷心耶。」公司真是練習情緒勒索的好地方。

往漆彈場的路上，她和另外三個同事一起擠在冷氣微弱的計程車裡。看著窗外的街景，她想著這週末又得去婆家吃午餐，只覺得人生虛度了。想想當年和丈夫的約會、交往再到結婚、生子，似乎也是在差不多的心境中進行的。這樣無法拒絕，也無法理直氣壯索取的性格，連自己都厭煩了。

到了漆彈場，教練說明完遊戲規則後，分組比賽就開始了。她和他正好分在一起。

進公司兩年多，雖然都在同層樓，但他們一直沒講過幾句話。頂多是電梯裡遇到時，會禮貌性點點頭的狀態。不過，當教練吹哨開戰，他卻突然轉頭認真看著她說：不用怕，躲我後面就好了。

有些重要的時刻，會像明信片上的風景一樣，定型封印在腦海裡。他晶亮漆黑的眼睛、那個下午的陽光和熱氣，讓她回味了整個週末。

／

週一上班，她看見他在茶水間滑手機，沒猶豫太久就抓起水杯過去。她想問他，中午要不要一起吃個飯？

發現有人進來，他慌張收起手機。只可惜差了一秒，她已經瞄見了螢幕上那線條挺拔的肉色身影。

時間的事

她很難說明自己為什麼愛上他，只能說是發生在夏天剛轉成秋天的那個時節。

一開始，她只覺得他是個熱心且做事牢靠的同事，不管問他什麼事情，他都像個老前輩一樣細心解釋。

兩人雖然不同部門，但因為常常一起留下來加班，偶爾相約吃個消夜也是正常的。有時他會向她傾訴工作上的牢騷，說自己再也受不了這家公司，等到明年領完年終，就要離職了。有時他會說起自己平淡的婚姻生活，為了維持關係而不斷放棄自我，似乎早忘了快樂是什麼。坐在座位上，遠遠看著另一頭也還亮著燈，她覺得手上的業務也沒那麼令人厭煩了。

而在一個又一個傾吐心事的夜晚之後，兩人走得越來越近，也是很正常的。

／

不過辦公室本就是一個不存在秘密的地方，兩人的事不小心傳開。他的妻開始每隔幾個小時就打電話，晚上還會挺著大肚子開車來接他下班，因此班也加不得了。在同事目光壓力下，她只能低調離開公司。

訊息裡，他依然耐心安撫她，偶爾說說自己的不得已。「對不起，再給我一點時間。」他說。但心高氣傲的她忍不下這口氣，果斷提出分手，也刪了他的臉書、電話和Line。

／

趁著離職後的空檔，她安排了一趟自助旅行，過程中正好也談成下一個工作。新工作雖然忙碌，但是能夠重新開始，總是值得期待的。

過了一年，又是一個人加班的夜晚。她吃完外送便當後，隨意滑滑臉書，放鬆心情。

沒想到，意外看到他出現在前同事的照片裡。

91
香港
32

在公司春酒上，他喝得滿臉通紅，笑瞇瞇地正從老闆手中接過年度最佳員工的獎牌。

愚人快樂

許多舊時朋友對於他進了金融業、滿口理財規劃都大感驚奇，當然也有些人不以為然，背地裡說他現在多庸俗市儈。每次被問到緣由，他總是含糊帶過，只有他自己知道，那年春天傍晚看見了什麼。

那時，他還是報社藝文版編輯，沒有女朋友，生活重心除了工作還是工作。剛出社會就被親戚介紹進這間公司，雖然薪水少得可憐，但他內心只有感激。畢竟身為同學口中的文青，世界上沒有比這更適合他的地方了。

因為家裡經商有些積蓄，又是父親老來得子，父母對他從沒要求，只要薪水負擔得起自己的日常開銷就行。話說回來，其實他的生活也很簡單，除了基本吃喝、偶爾和朋友聚餐，頂多就是看看電影、買書和泡咖啡店。真正的快樂是錢買不到的，他總是這樣跟朋友說。以他的存款來說，確實也買不起任何東西。

某天上班，他偷閒滑著臉書，突然看見一期十堂的大師講座，講師是他崇拜已久的業界前輩，更是大家公認的仙女。她常在社群展示自己的生活片段，有時是一本新出版的小說加上一杯手沖咖啡，有時是自己在某間小書店翻閱書籍的側影，或是一盤運用了在地小農食材的手作義大利麵。知性的生活，幾乎是他的理想形象（他一向容易被比自己年長的女性吸引）。他想，機會難得，非去不可。點入課程網頁後，他才發現，大師課的售價也比尋常人等高級一些。於是，他向母親借了一筆錢，興沖沖報名了。

／

課程在每週六下午進行，第一次走進書店裡的大講堂，他就被滿滿人潮嚇呆。身邊的青年男女年紀和他相仿，眼神都散發著興奮的光。來對地方了，這些人和平常在公司裡看到的老屁股完全不一樣。連上了幾個星期，他不僅交了不少志同道合的朋友，最重要的是，還獲得她的讚賞。那一次，他被點名分享讀書心得，他堅定地說，人生的成就不能以金錢而論，心靈富足才是我們這輩人該追求的目標。她深受感動，送了他一本自己剛出版的簽名書。

最後一堂課結束後，他滿懷惆悵，正準備牽車回家，竟然發現她獨自一人走出書店。他不知道自己哪來的勇氣，打算偷偷跟在她身後，探探仙女的居所。結果才轉進巷子，就看見她輕巧躍上了白色保時捷休旅車的駕駛座，一發動，就把他丟在身後。來不及想太多，他騎上機車，跟著她來到一處門禁森嚴如碉堡的高級住宅區。然後，她的保時捷就滑入地下車道，消失無蹤了。

他在那街區愣了半晌，得出的結論是，真正的快樂來自於無知。隔天，他便辭去了報社的工作，決定轉行。領到了第一個月的薪水，他就把大師課的學費湊成整數，還給笑吟吟的母親了。

她的秘密午休

廁所裡可以看見很多事，這是她來了這家公司之後才知道的。

剛畢業沒多久就拿到這個工作，她的爸媽都非常開心。公司在市中心一棟高層大樓，上下總共占五層，同棟大樓裡還有幾家外商和上市公司。儘管只是一個小小的行政，但她覺得自己彷彿來到世界的中心，每天都值得打卡留念。

一大早要從遙遠的郊區通勤上班，中午得跟同事一起吃飯聊天，回到座位之後，又要開始下半場的工作。上班還沒幾天，一到下午就昏昏欲睡的她已經吃完一整包口香糖。因此，過了試用期後，每天下午四點左右，她就會偷偷溜去廁所，坐在馬桶蓋上睡午覺。為了不要睡過頭，她會用手機定好鬧鐘。只要十分鐘，就有力氣過完這一整天。

說實在話，廁所並不是理想的午休場所。雖然已經挑了最角落的那一間，但氣味偶爾還是不好。她懷疑這間公司的女員工壓力都很大，腸胃過於虛弱。真羨慕有菸癮的同事，總能名正言順地下樓吹風透氣。

／

某天，當她的秘密午休結束時，推開門出來就看到一個女人正對著廁所鏡子梳頭。女人約莫三十多歲，一頭黑直髮長至胸前，襯得皮膚更顯白皙。頭髮梳了一遍又一遍，儘管已經非常整齊了，卻沒有要停下來的意思。

女人的表情實在太過正經，她隔著一個洗手槽，慢慢洗去手上泡沫，忍不住偷看好久。這時，隔壁部門的同事進來，跟她打了招呼，約好明天要一起訂附近新開的手搖飲外送。整個過程，那女人就像存在一個獨立的時空，眼神絲毫沒從鏡子飄移。

回到座位，她想了好久，隔天午餐時，忍不住問了比她更早進公司的同事。同事說自己也看過女人好多次，每次都在角落安靜梳頭。這時，正好主管經過，停下來說：那個女的很有名啊，聽說她是樓上某間公司老闆的女朋友，老闆不敢離婚，所以被找進公司當助理，每天都會跑下來梳頭，反正上班時間也不需要做什麼事。「她的工作是下班之後才開始啦，哈哈哈哈！」另一個同事馬上接住話。

八卦可以在最短時間內聚集群眾，周遭同事紛紛加入話題，分享自己聽過的各種續集。有人曾在電梯裡遇見他們，猴急的老闆掐了她屁股一下，以為沒人發現。有人說，看過老闆娘來公司罵人，場面說多尷尬就多尷尬。

「還好不是只有我看得到。」她想。

／

那天下午，主管外出開會，她又拿著手機進廁所午睡。睡了好久，突然驚醒，發現自己剛剛忘記調鬧鐘，一不小心竟然已經過了半個小時。她趕緊衝出廁所，卻發現那個女人惡狠狠站在門口，冷冷對著她說：「你們都在背後說我的壞話吧，很好玩嗎？」她嚇得說不出話，想要拔腿跑開，腳卻沉沉地黏在地上。

這時，突然手機震動響起，她在馬桶蓋上猛然睜開眼睛。拿起手機一看，原來才睡了十分鐘。原來只是夢。

推開門出來，發現那女人又站在那梳頭。只是這次，女人的視線從鏡子裡對過來，瞇著眼，朝她淺淺一笑。

甜蜜星期四

她喜歡她的新工作，至少，在不小心聽見那段對話之前。

幾個月前，她來到這家公司做櫃檯。工作內容瑣碎但單純，每天接電話、收快遞，下午去郵局幫大家寄包裹，偶爾幫來訪客人倒茶水也就差不多了。其餘的時間，老闆說，她可以隨意做自己的事情。對於正在準備語言考試的她來說，是份相當合適的工作。

同事們也蠻好相處，畢竟是炙手可熱的網路公司，大家聰明又年輕。就算只是坐在這裡，她覺得自己也被這股活力感染，未來充滿希望。

一方面為了和新同事們打好關係，另外也想趁機多練習自己的手藝，每個禮拜五，她都會帶自己親手做的點心給大家。有時候是磅蛋糕，有時是燕麥餅乾或果乾巧克力，偶爾也會試做可麗露、瑪德蓮之類的精緻甜點。看到同事們驚奇的眼神，以及吃下去之後的滿足笑容，她總是非常開心。這是一個全新的開始，她想。

／

她是因為他而逃出前公司的。那時她剛離開學校，在阿姨推薦之下進去做他的助理。開始一切都很正常，上班、下班，偶爾留下來幫他處理報表，工時正常，薪水也還算合理。直到那天晚上，他伸手摸了她的屁股。

確實她有些仰慕他，也喜歡在他身邊工作，

甚至有時候，在她穿上新買的衣服，眼線畫得特別漂亮時，還會暗自期待他的讚美。但是，未經邀請的觸碰是對的嗎？突如其來的舉動讓她愣住，不知該作何反應。他認為，沒有反抗就等同默許，因此把手伸向更裡面。

明明當天公司沒有別人，但事情不知為何傳開了。她開始在樓梯間聽到耳語，也沒有人願意跟她一起午餐了。某天下班回家，她挨了媽媽一巴掌，哭泣的阿姨站在媽媽身邊。「不要臉，自己的姨丈也敢勾引。」第一次聽到媽媽說這種話。

／

她整天關在房間裡，直到深夜，才去巷口的便利商店買吃食。一包包的洋芋片、巧克力和廉價鮮奶油蛋糕接連往嘴裡塞，兩個月就胖了一大圈，以前的合身牛仔褲都穿不下了。終於，有一天，她偶然看見大學同學在日本烘焙學校上課的照片，那麼明亮愉快又充滿香氣，那才是她想去的地方。

也許她確實有點天分，每週帶來公司的甜點總是獲得好評。同事們都說，她的甜點有股特殊的風味，好像特別清香，是從來沒嘗過的滋味。

是的，自從不小心在廁所聽見同事對自己圓潤身材的嘲弄後，每次，她總會從雙乳間抹一把油垢和汗水，揉進麵粉裡。

等到存夠錢，我就要離開這裡。每週四的深夜裡，她就這樣做著甜蜜的夢。

希望你會喜歡

他的嗜好，就是送禮物給她。

交往的第二天，他就準備了一大把配色精緻的花束和造型氣球送到她公司，她當場就驚喜地哭了。從小到大，沒有人這麼用心對她。主管揶揄她整天心不在焉，故意在下班前一小時丟了一份報告，要她明天一大早改好交回。但沒關係，她已經拍了限時動態還發了一則貼文，全世界都會羨慕她。

喜孜孜傳訊息給他，他回了一個笑臉說：這沒什麼，希望你喜歡囉。

／

第一年的情人節，他送她一趟馬爾地夫旅程。天啊，看著透明發亮的海水，她想，別人渴望一輩子的蜜月旅行，我現在就得到了，人生怎麼能夠這麼美好。

交往第二年，他搬進她家。聽到她說便宜的組裝家具不耐用，他馬上把舊的沙發、雙人床、餐桌都換了。

她雖然薪水不差，但一個人在台北工作，總是捨不得多花錢。雖然在一起之前，她從沒想過要靠他養，但是當生活環境越來越舒適，還是忍不住開心起來。

後來，他買了新電視，配上新的淺棕色茶几剛剛好。嫌原本的洗衣機太舊太吵，他又換了一台新的，可洗可烘還有除蟎功能。

慢慢的，她的身上也由他打點了。

衣櫃一打開，長裙、毛衣幾乎都是他買的，內衣褲當然也要他喜歡的粉紅色才行。原本及肩的淺棕頭髮，在他勸說之下留長了，不染不燙，就像誤入塵世的仙女。他對彩妝好像也蠻有研究，總是只喜歡特定品牌、特定的色調。反正都是他買單，就用他喜歡的囉。

／

第五年的情人節，他帶她去了城市裡最高的那間餐廳，這間牛排館是有錢也不一定吃得到的。她感動於他的用心，一邊品嘗著幸福的滋味。

晚餐後，他們沿著空橋在大樓之間漫步。內心澎湃著，她故意撒嬌說：討厭，你幹麼對我這麼好啦！

他笑著吸了一口菸說：還記得某某嗎？

「好幾年前部門裡那個菜鳥，被大家排擠到不敢來上班，聽說自殺那個？」她問：「你怎麼知道那個人？」

「我是她前男友。她說，對她最壞的就是你。」

她突然想起來了。那女生的髮型、妝容、穿衣服的風格，就跟她現在一模一樣。

相愛的起點

結婚三年，他們終於有孩子了。在社群發文公告時，所有朋友都大力叫好，說他們天生一對，總算有了愛的結晶。她甜蜜地回覆留言：他救過我一命，現在又給我一個新生命，我怎麼會這麼幸運。

每次聽到她這麼說，他總是笑著摸摸她的頭說：太誇張啦，那次真的只是剛好而已。不過又還是暗想，有些事最好到死都不要知道。

幾年前，還在那間科技公司上班的時候，因為工作壓力太大，他不僅有了腸躁症，還常睡不好覺。中西醫都看過，各式各樣的藥品也吃了好一陣子，卻不見好轉。其實他的身體狀況不大不小，醫生說，只要心情放輕鬆就會好一些。但偏偏他本性悲觀，再加上父親當年癌症過世，又加深了他對病痛的恐懼。他常常想，再這樣下去，自己病了也不奇怪吧。

如果只是為了幾個錢，換份簡單一點的工作其實也可以，但他知道，自己就是喜歡有挑戰性的環境。而且主管去年就暗示他，等到下一個季度就要幫他升職了。這種緊要關頭，要他怎麼放下。

既然走不開，那就只能另尋解方。某天，他跟認識二十幾年的國中同學小高吃熱炒，幾杯啤酒下肚後，他終於無奈說起這事。他和小高在郊區長大，大部分的同學畢業後，不是早早結婚生子，就是去混黑道。算一算，現在就是他倆在社會上混得最好，或許是因此，友誼也維繫最久。

聽了他的煩惱，小高露出了邪邪的笑容說，這個簡單，你聽我說說看。

相識這麼久，他有預感，小高想的一定不是什麼好點子。果然，小高拿出手機，神神祕祕地打開一個相簿說：這就是我的紓壓工具。

要不是多年兄弟，他一定會馬上報警。不用點開照片就知道，那是在各地公廁偷拍的照片，有的看起來是辦公大樓，有些應該是公園廁所。「幹，這種事你怎麼做得出來？」他一臉不悅將手機丟還小高，彷彿上面沾滿病菌。小高不以為意笑說，你相信我，試一次就知道了，我也是無意間發現的。壓力有強度之分，只要找到強度更高的事情，就可以舒緩情緒了。

隔天上班，他依然每隔一陣子就要去腸躁一番。第三次走出廁所時，腦中突然浮現昨晚小高的笑容。唉，這傢伙說的，說不定是真的，就試一次看看吧。

左右張望後，他輕輕溜入隔壁的女廁，躲在最深處的那一間。

午休剛結束，大家正忙著處理下午的工作，廁所空蕩蕩的，好久都沒人進來。大約過了十五分鐘，終於，他聽到一陣腳步聲朝這裡過來，叩叩叩地，是高跟鞋。他感覺手心微微冒汗，腋下似乎已經濕了。沒想到，高跟鞋的主人才剛進門口，腳步就變得凌亂。然後咚的一聲，發出了好大聲響。

他嚇了一跳，忍不住從門板上方偷看。一個穿著無袖上衣加牛仔長褲的女人竟然暈倒在門邊烘手機旁，一動也不動。猶豫了幾秒鐘，他還是打開門，衝出去扶起她。剛好這時，另外一個女同事經過，趕緊幫忙把女人扶到最近的沙發區休息。

幾分鐘後，她悠悠轉醒，原來是生理期體力太虛，已經忍耐了一整個早上。其他圍觀同事勸她還是早點回家休息，他於是自告奮勇開車載她回去。下車前，她要了他的聯絡方式說，有機會要好好謝謝他。

他始終不知道該怎麼解釋，自己為什麼剛好發現她。不過確實，在那之後，他的腸躁症就不藥而癒了。

一舉兩得

看到最新出刊的商業雜誌將他和妻子評點為「改變農業的新力量」，又收到業務主管通知今天訂單爆量，他忍不住發了一個訊息給小龍說：晚上有空嗎？請你吃飯。

從一事無成的大學生到現在，也不過幾年的時間。在人力吃緊的狀況下，公司能發展到今天的規模，絕對要感謝小龍。如果沒有小龍當年的鬼點子，他的人生不可能走到這個階段。

他的父親在中部有一片果園，平常老是念著要他或姊姊回家接手。因為不想被困在小鎮，姊姊老早就申請了研究所逃出國，因此家裡唯一的希望就是他。大四畢業前，老師要他們分組提一個創業計畫，他找了死黨小龍，小龍又拉了外文系的薇薇和懂設計的小方。聽到他說家裡務農，他們很快就決定好題目，打算串連幾個家鄉的小農建一個蔬果箱訂購網。

當時這概念還很新鮮，老師聽了他們的口頭報告後大為讚賞，隨後牽線業界大咖給他們認識。多方幫助之下，畢業後，他們順勢成立了公司，開始小規模營運。成績普通，只能說賠得不多。雖然沒說出口，但大家都有共識，頂多就再試個一年。

某天，小龍從外面跑完業務，一進公司就大聲嚷嚷，要大家進會議室開會。到齊之後，小龍神神秘秘地說，我們需要一個故事。原來這天，小龍意外遇到一個搞投資的學長。學長說，想要吸引金主，一定懂得說品牌故事，越感人越好。的確這幾年做小農生意的人越來越多，實在沒什麼稀奇的了。他說，那你有什麼點子嗎？

小龍正經說，我覺得，我們需要調整一下方向。讓薇薇做執行長，以後對外門面交給她。農夫那邊還是讓你搞定，我繼續跑業務，小方做設計。

薇薇短髮大眼、天生討人喜歡，原本就是大家公認的系花。而且她說話伶俐，和口拙又不修邊幅的他完全不同，確實很適合這個角色。「可是，做農的是我爸，這故事說不通吧？」

所以，你們要演一下情侶。小龍咧嘴一笑說，年輕情侶為了改善農業環境一起打拼，不只合理還很感人啊。其實他老爸雖然年紀大了，還是每天活跳跳，上個月才拋下農事，跟幾個朋友去爬了玉山呢！但只要不說，沒有人會知道。

薇薇一時反應不過來，臉倒是先紅了。過了一陣子才靦腆地說，如果你們都覺得可以，那就試試看吧。

沒想到，這個策略還真的奏效。幾個月之後，他和薇薇以才子佳人的搭檔上了好幾個媒體報導，當然，主要都是薇薇發言。其實他本來就對她有好感，趁著某天晚上一起加班，乾脆一鼓作氣告白了。愛情順利，公司也越來越上軌道。後來，小方升上行銷主管，帶著一個小團隊。小龍則被學長挖角，也做投資去了。

婚禮那一天，他們把小龍請上了主桌，和兩家長輩一起熱熱鬧鬧地喝了一整個晚上。趁著薇薇不注意，他偷偷塞給小龍一個大紅包。畢竟當年就說好了，事成之後，他一定會好好答謝的。

囍

座位的故事

辦公室裡的每張座位都有一個故事，她是這麼說的。

剛畢業的新人最喜歡布置座位，桌面上通常會有粉嫩色系的進口文具和新上市的糖果巧克力。資深老鳥往往會把公司當家，兩雙以上、高度不同的高跟鞋藏在桌下，冷氣房專用的披肩或針織外套會掛在椅上。抽屜裡可能會有保濕化妝水噴霧和蜜粉，下午開會或出去見客戶前，都需要提振一下精神。如果再待得久一點，桌面上或許會有精油噴霧機，她也看過養魚養烏龜的人。

但每個看過她座位的人都會笑說，你是不是隨時準備離職？畢竟，她除了通勤包和電腦之外，座位上幾乎什麼都沒有，抽屜也是乾乾淨淨的。

某次部門聚餐，她又被問起這件事。坐在圓桌正對面的主管開玩笑說，公司待你不錯吧，你這次要好好解釋一下，免得我們誤會你喔。

於是，在眾人的目光之下，她說起自己在前公司聽過的事。

／

有一個漂亮的女同事喜歡把自己的座位布置得非常舒適，有靠枕，有椅墊，還有午睡用的小毯子。但從某一天起，她突然發現，自己的物品一件一件消失不見。剛開始只是一些不起眼的小東西，像是沒喝完的礦泉水、吃到一半的餅乾，她以為是熱心的打掃阿姨幫忙丟掉的，因此不以為意。

漸漸地，貼了姓名貼紙的原子筆、立可帶和剪刀也不見了。不過，這種東西本來就很容易被同事隨手拿去用，忘記歸還，所以她只覺得困擾，也沒太放在心上。反正不是什麼值錢的東西，再買就好。但是後來，用磁鐵貼在隔板上、朋友從國外寄來的幾張明信片憑空消失，放在抽屜裡的環保餐具也找不到，最後，連她放在公司的球鞋和外套也不見了。這根本是小偷吧！她非常生氣。

通報主管，請大樓警衛調監視器後，才發現竟然是某一個同事趁沒人在時，悄悄拿走的。所有遺失物都鎖在那個同事的抽屜裡，同事說，自己是出自愛慕，情

不自禁拿走她的物品。打開抽屜的時候，吃剩的餅乾早就發霉了。

為了不爆出負面新聞，公司高層極力安撫女同事，並且火速辭退了小偷。但沒過多久，女同事也離職了。

／

「天啊，有夠變態！」同事們瞪大眼睛。

主管也呆住了，他沒料到是這樣的故事。「你是因為怕跟那個女生一樣，所以才什麼東西都不放的啊。」

其實不是，她在心裡說。經過一次失敗教訓，以後不能那麼蠢，再把偷來的東西放在公司了。

三樓的鬼

剛過完年，她就到了這家行銷公司報到。雖然工作內容瑣碎，每天加班，但因為同事們年紀相仿，相處起來也蠻愉快。常常在交換零食和業界八卦之間，就過完了一整天。主管是個幹練的女子，不管昨天晚上喝得多醉，隔天還是一大早穿著高跟鞋和緊身牛仔褲上班，絲毫不顯疲態。

坐在隔壁的小牛在午餐時偷偷告訴她，聽說主管幾年前離婚了，現在一個人帶著兩個小孩，大的才剛上小學。「你知道她有多誇張嗎？她生大女兒的時候，產假都還沒休完就回來上班了欸。」小牛說，主管每年都是公司最佳員工，年年尾牙上台領獎。「在這種老闆底下，皮要繃緊一點。難怪她老公會跟她離婚啦，這種女人有夠恐怖。」

為了歡迎她加入，部門辦了一場迎新餐會。主管難得特赦大家提早下班，以便準時到餐廳包廂報到。當豆瓣鱈魚端上桌的時候，酒已喝得差不多了。主管突然說：你們知道公司三樓鬧鬼嗎？

沒人料到會出現這個話題，紛紛瞪大眼睛。

「原本在三樓的那家公司倒閉之後，不是一直都沒租出去嗎？前幾天，我遇到大樓的打掃阿姨。阿姨說她在三樓看過不乾淨的東西。所以啊，你們以後最好不要再去了。」

「姊——拜託，不要嚇我們啦！」小牛掩住耳朵嬌嗔。他的反應總是特別誇張。

主管挑眉笑了笑說，信不信隨你們囉。

因為這突如其來的故事，大家開始輪番分享自己聽過的鬼故事，笑鬧直到餐廳打烊。

幾天後的中午，她獨自外出用餐。吃飽正準備搭電梯上樓，卻發現空間已滿。剛好今天吃得比較撐，乾脆爬樓梯上去吧。經過三樓，她突然好奇心大作，想說大白天的陽氣重，隨便看看應該沒差。

輕輕推開樓梯間大門，她東張西望。正中午的陽光照在空蕩蕩的樓板上，遠遠的，她看見主管側身靠在露台，手裡叼了一支菸，姿態輕鬆而愉快。名牌高跟鞋脫在一旁，倒還是放得整整齊齊的。

她回到樓梯間，悄悄掩上門，繼續往公司爬。每個人都有權利擁有秘密。

她決定，以後也要告訴每一個新人，三樓鬧鬼。

高山茶的溫柔

做這份工作，要說內心沒有掙扎是騙人的。不過算算退伍都快半年，每個月還要拿生活費回家。想一想，他還是聽朋友的話，乖乖去上班了。

每天，他要打電話給名單上的每一個人，以熱情又誠懇的語氣問他們要不要免費試喝茶葉。利用大多數人貪小便宜的心態問到地址之後，再讓他們花錢買下。當然，這些人真正拿到的茶，總是比較廉價的。

這曾經是一門好賺的生意，不過辦公室裡的前輩大姊也提醒，現在的客人越來越精明，很多人一看到不明來電乾脆就不接了。只是，為了薪水，還是得老老實實地打一遍。「反正你打一百通，總是會有人接起來的。」大姊似乎已經看開了。

他聽說，大姊幾年前被男朋友騙走不少錢，年近中年，找不到更好的工作，乾脆一直留在這裡。反正說說話就有錢拿，還有冷氣吹。每次一撥通電話，大姊的聲音就會突然轉為甜膩，像變了一個人。不過被無情掛斷電話後，飆髒話也是從不客氣。他想，要是再一次讓大姊見到男朋友，不知道會露出哪一種表情。

這天，他下班前的最後一通電話，是一個年輕女孩子接的。她的聲音聽起來有點恍惚，不知道是還沒睡醒還是正要睡去，就是鼻音很重。

你有喝茶或泡茶的習慣嗎？他按照公司規定的話術問。她遲疑了一下說，有是有，但應該很快喝不到了。說完就安靜下來，電話那頭傳來細碎聲音，聽起來又好像在哭泣。這氣氛讓他渾身不對勁。打了幾個月的電話，第一次遇到這種狀況。

你還好嗎？他忍不住問。女孩沉默許久才說，最近心情不好，很想跟人講話，但不知道該找誰。他默默聽了十分鐘，掛斷電話前要了她的地址，說好會寄試喝包去。

隔天上班，他便把茶葉寄出了。隨著包裹，他偷偷放了一盒便利商店買的巧克力球和一張小紙條。沒有署名，只希望她收到之後會開心一點。要是當初，也有人這樣對妹妹，現在應該還好好的吧。他想。

不小心還是愛上了

他對什麼事都興趣缺缺。

討厭小孩，不管是哭的或是笑的，三歲或是十歲的。討厭熱鬧，更討厭婚禮現場、月子中心、年夜飯等過於溫馨的場所。

就連公司舉辦團康活動，他都是第一個背著防水黑色電腦包，冷眼離開現場的人。

「我不適合這麼歡樂的場合。」他總是這麼說。

因為業績好，主管也拿他沒辦法。反正大家都不喜歡這種活動，只是大部分的人會裝，但他連裝都懶。就連女友問晚歸的他，你到底愛不愛我？他也不想為自己辯護。愛不愛這種事，如果要特別拿出來講，還有什麼意思？

「你根本只愛自己！」於是女友氣炸，丟下一句話就離開了。

是嗎？他也開始懷疑自己了。

／

那天，同住的妹妹帶了一隻髒兮兮的小花貓回家。不愛小動物的他，勉為其難地幫忙餵了一頓飯，沒想到小貓從此只認他，每天閃著亮亮的眼睛，跟前跟後、喵喵叫著。

妹妹常常出差，鏟屎餵飯的工作逐漸落到他身上。某天下班，他發現小貓不太對勁，飼料整碗沒動，只在貓砂盆附近不安地走來走去。

他焦急地留言給妹妹後，立刻把貓塞進外出包，帶去附近的動物醫院。折騰半天，發現貓原來只是便秘了。醫生笑著說，回家後再觀察一陣子，應該沒事的。

他終於知道，什麼是內心最軟的那一塊了。

漫長等待

年輕時被稱作才子是無上的光榮，但到了這個年紀再聽到，總讓他懷疑背後是否藏著惡意。

當年他確實是蠻風光的。自學攝影，還沒畢業就被業界大師找去工作室當助理，又開了好幾次小展覽。那時候，他的身邊圍繞著一群女孩，因為著迷於他的狂放，自願免費當攝影模特，拍過無數組尺度大膽、不能讓父母看到的照片。

其中一位女孩深信命運的安排，決定放手一搏，將他的才華化為形體。因此，他被迫離開花花世界，擁有了一個家庭。隨著人生轉彎，他的工作室開始接各式商業攝影和婚紗拍攝。沒有案子的時候，他就開著車，載送都市裡的忙碌男女。

雖然在老朋友面前顯得有點窩囊，但坦白說，他並不討厭這樣。相比應付要求一堆的客戶，當司機單純很多。沒單的時候，還可以偷偷停在河濱公園抽菸。再說雖然妻從沒講過什麼，但他自己知道，他這輩子大概就這樣了。才子生產線每年都出新產品，比他年輕又有才華的攝影師多如牛毛。更何況現在流行拍影片，平面攝影的利潤越來越低了。

／

他是在某一個星期二的傍晚遇見她的。她衣著講究，手上還拎個名牌包。一上車就說，司機大哥不好意思，等一下我們到了之後，就停在停車場等。看見他猶豫的眼神，她又補了一句：車資我會多給你一倍。他於是沒再多問。目的地是一棟住商共構大樓，依照指示開進停車場後，他便熄火開窗，陪她等待。

「我是來抓我老公的。」沉默二十分鐘後，她突然開口。她懷疑丈夫每週都到這裡找情人，想了好久，決心查個清楚。「要是抓到了，至少可以要一大筆錢。」這個外遇嫌疑犯不缺錢，她要討回應有的公道。

等了一個多小時，還沒見到人。他下車去清醒一下，回來路上，順便繞去便利商店幫她買了一杯熱拿鐵。剛剛聽到他本業是攝影，她很開心，乾脆預約了接下來的每個禮拜二晚上五點半。還叮嚀他之後都要記得帶相機，假如有拍到照片，會另外再包紅包。

他想，沒接過這種案子，倒是挺新鮮的。

後來，他們又一起度過了好幾個黃昏，但一直沒看到她想像中的畫面。丈夫總是一個人來，兩個鐘頭後再一個人離開。最後他提議，不如讓他跟上去看看吧？

／

悄悄跟在她的丈夫身後，他來到大樓最頂端。他遠遠看著那個西裝筆挺的男人獨自站在天台，點了菸，偶爾拿手機出來滑一滑。十五分鐘後，他就下樓回停車場了。

他將她送回起點，對她說，這是最後一次接任務了。

回家路上，他心想，還是去學弟上次介紹的雜誌社應徵看看吧。

燒麻糬冰

女兒是什麼時候變成這樣的呢？他常常這樣想。明明在記憶裡，還是那個從護士手中接過來時，會瞇一隻眼看他的白嫩嬰兒，什麼時候竟然變成了伶牙俐齒的少女。這幾年，甚至很少看到她笑了。

偶爾，他會和太太爭論，女兒到底比較像誰？太太總說，性格這麼烈，一句話都說不得，當然是像你了。他不想承認，卻也不知道怎麼否認，只能草草結束這個話題。

過去的他，或許確實是這個樣子的。那時，他還跟她住在一塊，每天從偏遠郊區騎車到市中心也不以為苦。有時比較早結束工作，他還會去接她下班，再買便當回家吃。只是該說是年輕不懂事，還是他們緣分不夠呢，工作幾年後，他和女同事越走越近，終於有一天，就這麼剛好被她撞見了。

那是一個悶熱的夏夜。下班後，他約同事去夜市，兩人沿路吃了幾樣小吃，最後面對面坐在騎樓下的燒麻糬冰攤位。從以前就是這樣，他特別喜歡約女孩子去逛夜市，那裡人多又擁擠，不管原本熟悉還是生疏，走著走著，手臂最後都會貼在一起。而且夜市小吃種類多，兩個人分食再自然也不過，只要逛過一次，親密度就會提高一個層級了。對，當初他也約過她去逛夜市。

那天晚上，正當他和同事分吃最後一顆麻糬時，一抬頭，竟然就看到她迎面走來，眼神冷酷。他右手拿著不鏽鋼湯匙，停在嘴前。冰快化了，要不要先吃掉這口？直到很久以後，他還是很詫異在這個當下，自己心裡怎麼只有這件事。

回家後，他們大吵一架。她發狠砸了一堆家裡的碗盤酒瓶，他當然也不甘示弱。隔天早上，她就搬離了那個地方。他順理成章和那個逛夜市的同事在一起，再後來，成了他的太太。

這天，他和太太請幾個年輕同事來家裡吃飯。在大家起鬨之下，他說起了當年的故事。當然，是稍微美化過的版本。同事笑著說：老闆以前真的吃得很開耶。

你真的很噁心，只有女兒面無表情看著他說。那眼神讓他想起很久沒見的一個人，嘴裡又浮現了那股冰冰涼涼的滋味。

新年計畫

這是她坐在這張櫃檯的第七百九十天。趁著下一號民眾還沒走過來之前，她趕緊拿下口罩、扭開保溫瓶，喝了一口水。

年初以來，就業服務站的人潮就沒停過。而她和同事們除了要幫這群沒工作的倒楣鬼審核資料、推薦工作，還得輪流去一樓大廳站崗，監督出入民眾戴好口罩。

雖然戴口罩說話麻煩，但是有一點還是不錯的。那就是遮住半張臉之後，不論男女，容貌都好看許多。連平常不化妝、常被母親嫌棄沒精神的她，戴了口罩、紮起馬尾之後，倒也增添了一些韻味。前幾個禮拜經手的那個案子，對方辦完所有手續，準備離開就服站之前，還特地過來遞了一張紙條，上面寫了他的Line。

雖然單身好幾年了，但其他櫃檯的阿姊們都勸她別理會。「你想想，會來這裡的男生都是找不到工作的。就算真的有績優股，應該也不多吧。」她點點頭。但心想，三十七歲、未婚、除了工作存錢之外沒有其他目標的自己，以世俗標準來說，大概也不算什麼好標的吧。

／

其實她也曾經抱過一檔績優股。幾年前，她和大學同學一起去參加紅酒品酒會。在大公司做行銷經理的同學最會找目標客群，告訴她，會來這裡的人都是有閒錢又有生活品味的，想找結婚對象來就對了。

去了幾次，果然也遇到一個條件不錯的男生。國立大學畢業、外商公司上班，外表也算斯文乾淨。他跟她一樣喜歡讀小說，第一次約會就是去某個作家的新書座談會，那陣子常常聊到深夜。

但當第五次約會結束，他開車送她回到巷口時，他的黑色BMW卻被路邊一台腳踏車擋住了。他破口大罵，衝下車踢開那台車，像是變了一個人。突然又像回過神似地，拍拍襯衫，從容回到駕駛座。

回到家後過了好久，她發現自己還在微微發抖。後來，她再也不回他的訊息，也不去品酒會了。

／

這天下午，她的櫃檯來了一個年輕女孩。

女孩是一間網路公司的設計，因為連連虧損，公司乾脆趁著疫情裁員。依照程序，她幫女孩搜了幾個職缺，毫無意外，薪水都比原本還低很多。

她把工作資訊攤在桌上，看著女孩略顯失望的神情，內心莫名有點虧欠。只好溫柔說：妹妹，這幾個工作你投投看，過一陣子回來報到，就可以領失業補助了。

女孩說好。停頓了一陣子又問：那我這陣子可以自己接案嗎？聽完她說明後，女孩放心笑了，還秀出手機裡的作品說，其實一直想當插畫家，這次好像是一個好機會。

送走了女孩，她決定下樓買杯咖啡。她想起自己曾經也好喜歡寫作，這幾年怎麼就忘記了。

她想，今天下班回家就來寫吧。沒有什麼目的，就是為了自己。

輯四

夢境之間

也許是偶然

聽見的神秘故事，

或者是清晨醒來前的最後一個夢境。

明明覺得「不可能吧」，

還是忍不住揣想，

要是真的發生了會是怎樣。

心存善念，不需恐懼。

祝福您永保安康，

一夜好眠到天亮。

BFF

那年，當她在教室最後一排座位遇見小唯，瞬間就明白彼此會是好朋友。她們從同一個城市來到台北，一樣不喜歡陰冷的冬天。在學生餐廳吃自助餐時，總是不拿主菜，可憐兮兮省下飯錢，再一起去聽地下樂團。表演結束後也不回宿舍，就在大學門口的長椅聊天，躺到天亮。

在那所充滿未來社會菁英的大學裡，她們守護著自己的小堡壘。不打算和其他同學混熟，也不屑於他們熱衷社群、天天拍照分享生活的蠢樣。過年時，她們會約好一起搭車回老家，再輪流去對方家吃晚餐。

畢業之後，她在父母逼迫下出國讀研究所，小唯則留在台北找工作。

她們保持著學生時代的習慣，每隔幾天就會互傳訊息聊個幾句。她興奮地說著自己的新生活，接下來的假期準備和同學去哪一個海灘曬太陽。進入職場的小唯則和公司前輩越走越近，若沒接到爸媽催促的電話，還是盡量不回家。

小唯結婚的那一天，她帶著英國男友飛回來，只匆匆停留了兩個禮拜。滿臉疲憊的小唯偷偷告訴她，自己其實懷孕了。

孩子出生一週後，她收到手機傳來的照片，覺得興奮又奇妙。嬰兒還小，看不出來到底長得像誰，但身體確實是由小唯的基因組成的，這讓她有種熟悉感。在小唯的教養下，這個小孩應該也會像媽媽年輕的時候一樣，勇敢又有自信吧。

異鄉生存不易，拿到學位後，她決定回台北找工作。

／

才剛下飛機，她就迫不及待約碰面。但小唯說，最近太累了，而且正準備收拾東西搬回老家，等過一陣子再說吧。

於是她們仍然透過訊息聊天。新手媽媽的生活壓力不小，小唯常常會說自己睡不好也沒食慾，照顧小孩總是手忙腳亂。她說想和小唯視訊，看看嬰兒，小唯也說現在狀態不好，不想見人。她感覺小唯變得太過憂鬱，有點擔心，只能不斷安慰。

不過工作一忙，她也拖了半年沒回老家。直到春節。

／

吃完年夜飯，她沒先告訴小唯，就帶著伴手禮騎車過去，想偷偷來個驚喜。

到了門口，她連續撥了好幾通電話，但都沒人接聽，只好直接按下門鈴。大門打開，是小唯滿臉錯愕的白髮母親。

「都一年了……他都沒告訴你嗎？」

客廳裡只有小唯的老公。他一手抱著嬰孩，一手抓著手機。螢幕上是滿滿的未接來電通知。

換我保護你

她常常回想起十歲那一年，安親班放學回家路上，爸爸買了一支香草巧克力霜淇淋給她。那個下午好甜，好香，整個人輕飄飄的，像是被捧在手心上的小公主。

那時的她還不知道，長大以後的自己和那些形容詞完全搭不上邊。特別是丈夫生病之後，她每天急急忙忙往返於醫院和公寓，狀況好的時候，才能在醫院中庭喝一杯熱茶。

不能說不傷心，但當人真的離開後，她反而鬆了一口氣。他們沒有孩子，所以只有她和貓一起安靜生活。偶爾還是會想起丈夫，特別是在夜晚。這種時候，貓總是像裝了雷達一樣，瞬間移動到她的身旁。當初是丈夫堅持要養這隻貓的，她怕過敏，抵抗了好一陣子，最後才同意帶貓回家。丈夫好愛貓，臨走之前還不忘交代要帶牠去年度健康檢查。

／

為了打發一個人的假日時光，她去參加社區大學的歌唱班，偶然認識了他。那歪嘴邪笑的樣子如此熟悉，讓她失眠了一整晚。不到三個禮拜，他就搬進她家了。

說真的，她並不在乎他有別的女人。畢竟她不是非要再和另一個人白頭偕老。但喝酒打人又是另一回事了。

每次暴力之後，他就會奪門而出，只剩她和貓呆坐在屋子裡。有時候一下午，有時候一回神已經半夜。

她以為生活就是這樣了，直到那一天，她從市場買菜回家。才走近巷口，就感覺不對勁，乾澀澀的預感推著她往前走。一看，那個以極難看姿態、癱軟趴在地上的，是他。

家裡沒人，那天他又喝得爛醉，整件事很快就以意外墜樓結案。但她難以釋懷。好想知道，最後那幾個小時，她不在的時候，到底發生了什麼事。家裡沒人，也沒裝監視器，只有貓會知道了。

她輾轉聯絡上一位網路上很有名的寵物溝通師，傳了貓的照片過去。過了一陣子，她終於收到回應。

「牠說，我答應過爸爸，我會好好保護你喔。」溝通師模仿貓咪的語氣，輕快地說：「我是不是很棒呀？爸爸都說，我是全世界最棒的貓貓喔。」

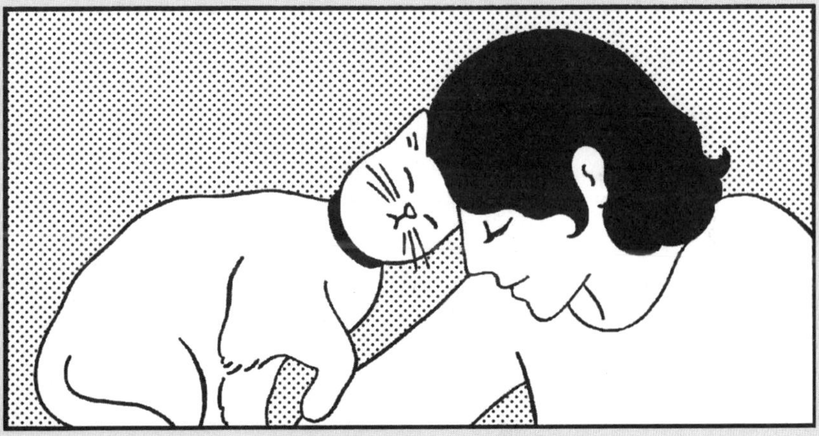

你好嗎

颱風沒來的颱風夜，正好是他值班的日子。

晚上十一點，大樓住戶差不多都回家。不用忙著開關門、打招呼，這是做為一個警衛最開心的時光。

打開手機App，他熟練地點進她的直播間，留言和其他人說晚安。「斑馬大叔～你又值夜班了喔，好辛苦喔！想聽什麼歌？我唱給你聽～」笑得瞇瞇眼的女主播向鏡頭熟練揮揮手。

他點了一首〈心花開〉，順手丟了一顆鑽石禮物給她。

剛好有晚歸的住戶來簽收包裹。那女人瞄了他的手機一眼，按捺住不屑的眼神。但他已經看到了。

其實他無所謂。

涼家婦女

大眼長髮的主播讓他想起女兒。如果五年前沒發生那場車禍，女兒也這麼大了吧？車禍以後，老婆不再跟他講話，朋友也不太敢找他了。漫漫長夜啊，只有手機在發燙。

歌唱完了，他想了想，又丟了一台跑車給她。

副業

他第一次進她家，真的只是去幫她安裝網路而已。

會預約週間白天的住戶，不是大學生、退休人士就是家庭主婦。做了幾年，他已習慣在碰面之前猜想客戶的樣貌。雖然自認體格還行，但是隻身進去一個陌生空間，還是要機警一點。聽前輩說，曾經有一個員工去客戶家裡維修，結果喝醉的男主人以為他是女主人的情人，竟然莫名其妙被揍了一頓，連門牙都飛了。先有點心理準備，還是好的。

她的家，在鬧區巷弄一棟老公寓的四樓。客廳不大，收拾得也不算非常整齊，但有種恰到好處的平衡感，整體來說讓人放鬆。她綁著馬尾，身上是一件寬鬆的米色高領毛衣和牛仔褲。客氣地倒了一杯熱麥茶給他後，便靜靜坐在客廳邊上的餐椅，滑著手機等待。

安裝作業只是小菜一碟，簡單向她解釋了操作方式後，他的工作就結束了。第一件工單就遇到這種氣質好的客戶，今天真是幸運的一天。家裡有這樣的女主人，這男人也很幸運啊。按電梯下樓時，他這樣想著。

／

第二次來，也只是偶然。客服收到的維修申請單上寫著，網路只要到週末就不穩，沒辦法好好看影集。

開了門，她優雅依舊，眼神卻有些憂鬱。他大致問了狀況，就開始檢測。「網速正常，可能是影音平台有狀況。你平常上網應該都沒問題吧？」他補上一句，我老婆最近也抱怨同樣的事。

他有老婆，但這句是前輩教的話術。無法解決的系統性問題，就不要攬在身上，不過至少要讓客戶知道你感同身受。很多事是你不能改變的，前輩說。

可是她看起來有點失落，而他發現，自己希望她可以開心一點。

「不能好好看電視，最近週末都在吵架。」安靜了幾秒，她突然小聲說。他覺得有點尷尬，假裝沒聽清楚。離開前，他把手機號碼寫在工單上，跟她說，有問題都可以再打來。

／

後來他又去了幾次，慢慢釐清了她的故事。

男人只有週六白天會過來。上午十點進門，下午五點離開，那是男人的妻回娘家的時間。因此週六以前，她會把家裡打掃乾淨，買好男人愛吃的食物，不論晴朗或陰雨都在家中虛度。

男人不太管她的日常交友，準時按月匯款。這個工作很輕鬆，只差沒有年終吧，某次她自嘲地說。

而他們成了彼此的副業，在正職以外的時間。他本來就常在外面跑來跑去，不擔心老婆問起。她開始為他準備喜歡的食物，雖然他們沒有多餘時間一起看部影集。

只是某天，她突然傳了訊息給他，說以後不要再過來了。「我換老闆啦。」這是最後一句話。

那時他剛完成今天最後一個工單。春末傍晚，只穿短袖還是有點涼。讀完訊息，他順手封鎖了她的帳號，最近他的妻也開始懷疑了。兼差太忙，人知足就好。

療程

是從什麼時候開始的呢？他們在不知不覺之間，養成了每週六下午去按摩的習慣。

一開始可能是為了讓他放鬆僵硬的肩頸，又或者為了舒緩她因為工作久站的小腿，也可能只是剛好路過，隨興試試。總之，後來的每個週末，他們會一起到連鎖賣場附近的按摩店，享受一段靜謐的時光。

他喜歡油壓，她向來偏好指壓。每回一進店裡，換上乾淨的拋棄式拖鞋之後，師傅就會將他們各自帶開，細細調理。

適合自己的按摩師可遇不可求。她遇過只會使用蠻力的師傅，好像只有讓客人越痛，才能彰顯自己的服務有多划算。也遇過慌慌張張、按不到點的，一個小時過去，只留下空白的記憶。幸運的是，她第一次來這間店就遇上三十九號師傅。

只有這女孩最懂她的身體。比他懂得多。

剛在一起的時候，他們也曾熱切探尋彼此，每一處風景都捨不得放棄。不過，當一切成為反覆出現的日常，過去被激情所掩蓋的拙劣技術便清楚浮現。有幾次，當他還在身上揮汗忙著的時候，她已忍不住開始思考明天的早餐、還沒繳的信用卡帳單，還有，廁所衛生紙是不是又該買了？

這間店的房間以各地景點命名。夏威夷、棕櫚灘、邁阿密、大溪地，儘管她知道不可能，但打開每一扇門，彷彿就進入一個截然不同的天地，全由三十九號領著旅行。這週睡得好不好，腸胃是不是出了狀況，這些關於身體的秘密，師傅最清楚。

成為熟客之後，她偶爾也會得到一些額外的秘密服務。像是慢速播放的跨年煙火，在她的腦中炸開，安靜卻震撼。她從不問三十九號，其他熟客是否也享有同樣的待遇。就算有又如何？這不是她需要知道的事。

至於他的療程，她也選擇不去猜想。

按摩之後，她又成為一個全新的人。容光煥發回到了家，黃昏時分，他還沒回來。她挽起頭髮，從冰箱裡拿出冷凍肉片和蔬菜，哼著歌，準備起今天的晚餐。

將錯就錯

畢業多年，他們六個同學一直都保持聯絡。這天，在蔡蔡死纏爛打邀約下，終於第一次一起露營。

小張、蔡蔡，還有他和她是大學時期唯二修成正果的班對。當初婚禮時間相差不遠，班導師還開開心心去致了兩場詞。不過，早生貴子的考題，目前只有他答完了。

各自有了家庭後，相聚的時間就越來越少了。若不是蔡蔡每隔一陣子就出聲號召，可能十年都見不了一次面。對此，他是非常感激的。

他生來就是情感淡漠之人，連老家都難得回。當初他也是被她的平靜給吸引，才不知不覺走在一塊的。

夜晚的山裡，空氣很涼。小張開了一支看起來不便宜的法國紅酒，大夥就著營火喝起來。

一種奇妙的氣氛籠罩著他們，聊著往事，不知不覺就掉入時間的夾縫中。點子最多的蔡蔡提議來玩一個老掉牙的遊戲，每個人輪流說出暗戀過的班上同學。

前面兩個女同學很快就說出答案，是小張。人帥又會打籃球，這答案也不意外。

他排第三，猶豫了半晌，最後趁著酒意說了蔡蔡的名字。

蔡蔡嬌笑，哎唷，你不要亂講話啦。他說沒有，當年就是覺得你最漂亮啊，可惜一下就被小張追走了。小張聽了倒也沒說什麼，大笑摟著蔡蔡。那是勝利者的輕鬆姿態。

她原本在幾步外的空地跟兒子通電話。大人不在家就不好好吃正餐，晚上又跑去吃麥當勞，氣得她忍不住念了兒子幾句。滿肚火都還沒消化完，走回營火就聽到最精彩的這段。其實，她當年跟小張告白過，但也就這樣而已。

明明在職場打滾這麼久，在老同學面前，還是會忘記穿上社會化的盔甲。不顧其他人還在場，兩人大聲吵了起來。同學們七嘴八舌勸架，他把她拉回帳篷。

／

第二天，他們在懊悔中醒來。昨晚大家都喝多了，應該不會記得吧。

回程路上，蔡蔡在社群上發了一張大家在帳篷前的合照，標注了每一個人。

「太甜蜜了，再生一個！」他的同事在照片下留言，他和她都很有默契地在留言上按了愛心。

從此，再也沒人說要去露營了。

屋主的留言

她一直想不透，明明這棟社區才建好沒幾年，怎麼會出現白蟻。

還記得兩年前，她跟當時只是男友的他來看房子。下午三點的陽光灑在窗邊的多肉植物上，空間裡瀰漫著一股麵團香味。男主人坐在沙發上，拘謹地朝他們點了點頭。年紀相仿的女主人則熱情招呼他們，笑瞇瞇說：「不好意思，正好在烤蛋糕。」也許就是這種小家庭的氛圍，讓她第一眼就非常喜歡這裡。

這麼好的房子，為什麼要賣？她曾經私下問仲介。業務神秘兮兮說：「我聽鄰居說的啦，他們好像常常吵架，感情不好啦。」

／

買了房，結了婚，她以為甜蜜的兩人世界就要開始，他卻說，成家後就要衝事業了。

確實他也衝得很快，才換了新工作，不到一年，反應機靈的他被董事長提拔做特助，帶在身邊見世面。因為如此，其他同事和外部廠商都努力巴結，希望能透過他來打通上面的關係。

就這樣，他的晚間應酬持續不斷，後來一週有兩三天說在公司宿舍過夜。剛進入夏季的某天傍晚，她收到閨蜜傳來的訊息：「欸，我剛看到你老公跟一個女孩子……」

她沒讀完，顫抖著刪除了。

好像就是那一天起，家裡開始出現白蟻。大批閃爍的翅膀向著燈光衝撞，她嚇得晚餐也吃不下，趕緊聯絡除蟲公司。

／

除蟲公司到了家裡，四處檢查。師傅說，白蟻喜歡潮濕陰暗的環境，每到雨季，就會長出翅膀飛出巢外，接著交配產卵。在適當的環境下，生長一發不可收拾。但因為白蟻有互相舔舐身體的習性，所以只要施灑毒劑，就可以在不傷害建築的前提下，讓牠們自我毀滅。

話才說完，師傅停在臥房的木製衣櫃前，輕輕敲了幾下，那是前屋主的衣櫃。那木材質料極好，設計又復古別致，當初女主人大方說要留下時，她還非常興奮。沒想到，師傅搬開一看，竟然真的看見白蟻的蹤跡。而也是這時，她才第一次發現，衣櫃最深處竟然有個暗櫃。

師傅離開後，她好奇回到房間。打開暗櫃，裡面是一只男性戒指和一張屋主的合照。

／

隔天清晨，他終於回家了，拖著狂歡後的疲憊身軀。

她躺在床上，閉眼聽他粗魯地丟鑰匙、脫西裝、進浴室、打開水龍頭。

此時，徹夜未眠的她終於睜開眼睛。盯著正前方的衣櫃，內心浮起一個愉快的念頭。她想起自己在衣櫃裡找到的那張照片，背面留了一句話：「殺了他，他就永遠不會離開我了。」

合作愉快

一開始，只是左膝上的一塊小瘀青。那時他從凌亂的雙人床起身，正要穿上長褲。經過整夜的放縱，早就想不起來是什麼時候撞傷的。不太痛，他也不以為意。

走到客廳，她已經準備好一桌午餐，他最愛的紅燒魚還熱騰騰的。她上菜的時間抓得剛剛好，只是他得走了。

他跟妻編的謊言，有效期限只到今天下午。到了三點，他就應該要結束出差，回到台北的家，準備帶妻去跟家人晚餐。

她平靜地送走他。關上車門，他回想起她道別時的微笑。雖然在一起久了，她也早就知道自己的狀況，每次離開，還是會覺得愧疚。

就像永遠戒不掉的甜食，每週，他依然持續出差的行程。但為了吃下她準備的滿桌菜餚，他只能犧牲一點睡眠，不能再像之前一樣貪戀床鋪。為了兼顧他的第二生活，還是得付出努力。

但也許真的太忙了，這陣子以來，他發現自己的精神越來越不好，記憶力也變差了。有時候一講完電話，就忘記接下來要做什麼。因為這樣，工作上出了幾次包，還在週會上被老闆不留情面地臭罵一頓。而他每週五刻意安排出差的事，終於也被隔壁部門的同事注意到，一些討人厭的耳語開始流傳。正值升遷的關卡，他不知道自己什麼時候會摔跤。

這週五，他滿腹抑鬱到了她家。她溫柔地幫他準備消夜，陪他聊天。他喝了一杯又一杯的威士忌，不知不覺失去意識。

半夜尿急，他迷迷糊糊睜開眼睛，卻發現自己躺在明亮的臥室裡，手腳綁住動彈不得。他聽到客廳依稀傳來兩個女人說話的聲音，一個是她，另一個竟然是妻。「差不多了吧？」這是他能聽見的最後一句話。

最好的都給你

報到那一天起，她就成為同事們一致認同的女神。不只外表甜美、學經歷漂亮，做起事來又幹練俐落，真不知道要去哪裡找第二個跟她一樣的女孩。當天中午，主管興沖沖地約了迎新午餐，難得連生性不愛社交的同事也一口答應了。輪流自我介紹了一番後，總算有人開口問：你有男朋友嗎？她露出害羞微笑說，單身兩年了，好像很難遇到適合的對象。

「怎麼可能！像你這麼正的女生，一定很多人追吧。」他坐在她旁邊，忍不住脫口而出。她轉頭對他一笑說，沒有啦，被前男友劈腿之後，一直不敢交新對象。「唉，我每次都這樣啦，每一任都想要跟對方一起到老。」她自嘲。

其實不久前，他才結束了一段多年感情。女友無故提出分手，後來才輾轉知道，原來早就跟同事曖昧了。突然聽到她這麼說，他的心揪了一下。走回公司的路上，他想，一定要追到這個女孩。

／

費了一番工夫，他總算達成願望。每到週末，她都會帶著換洗衣物到他家過夜，兩人度過悠哉的假期，週一再搭車上班。因為成功追到女神，他瞬間變成公司的話題人物。不管是熟或不熟的同事，只要見了面，就會虧他一兩句。

某個下午，他和兩個同事約了下樓抽菸。聊著聊著，她竟然又成為主角。同事好奇問：欸，女神的家是什麼樣子，是不是真的特別香？他這才發現，在一起半年，竟然還沒去過她家。同事賊笑說：該不會她家其實堆滿雜物，跟垃圾場一樣吧，漂亮的女生通常反差都很大喔！他正色制止同事，但內心也浮出疑惑。

說了去她家的提議，一開始，她拒絕了。但禁不起他一再請求，最後他們還是約好，這一年的跨年夜就在她家晚餐。

／

她家一如想像乾淨舒適，白色牆壁和木質桌椅，正是他最喜歡的無印良品風格。為了慶祝第一次一起跨年，她親手做了番茄鮮蝦義大利麵、烤時蔬和洋蔥湯，兩人還喝了他帶來的紅酒。這就是幸福了吧，他想，之前真是想太多了。酒喝太快，突然有點尿急。他說想去廁所，她也順便起身整理廚房。她的臥室就在廁所旁邊，門沒關緊，他順手一推就走進去。

五坪大的空間裡，有張鋪得整齊的雙人床，窗邊是小巧的梳妝台。轉頭一看，進門左手邊是一座五層帶門的玻璃櫃，每一格都放了一些物品，有棒球帽、手錶、筆記本，其中一格，甚至還有一支多年前流行的小尺寸 iPhone。仔細一看，每個格子裡都有一張她和不同男子的燦笑合照，門上分別貼了小紙牌，寫著偉、傑、林，還有Alex。最上面那一層是空的，紙牌寫著「仁」。是巧合嗎？那恰好是他名字最中間的那個字。

他覺得喉嚨有點乾，嚥了口水，然後就聽見她從客廳緩步走來的聲音。

NY

記著我的眼

要是沒撞到那隻笨貓就好了，他知道，自己這輩子都背負著這個失誤。

那天，他們早約好了要去試禮服。只是他昨晚貪看影集，一不小心又睡過頭。傳了訊息給她，急急忙忙梳洗後，便開車出門了。交往九年，他老是改不過遲到的壞習慣，不知為此被她念過多少次。結婚當前，這種重要日子要是再鬧不愉快就不好了。雖然說他其實一直不懂，晚個幾分鐘到底差在哪裡？

剛坐上駕駛座沒多久，她的電話來了。一劈頭問他到哪了？語氣明顯已在失去耐性的邊緣。「路上超塞，你先去隔壁咖啡店坐一下，就快到了！」他極力安撫她，腳下油門也不能停下來。為了搶快，他轉個彎鑽入一條無人的大路，加速向前。沒想到一個瞬間，有個影子突然從右邊前輪竄過，完全來不及閃。

完蛋了，他暗嘆一聲，趕緊下車查看。一團土色毛球背對他的車，橫躺在路中的白色「慢」字上，看起來是隻瘦弱的虎斑貓。第一次遇到這種狀況，他頓時慌了手腳。道路兩旁都是汽車工廠，週六上午大門深鎖，安安靜靜的。出門前明明灌了一大杯水，怎麼又口渴了。

深吸一口氣，他走到車前。虎斑的眼睛張得大大的，身體微微上下起伏，但地上沒看見任何血跡，看起來就跟平常躺在路邊的貓沒兩樣。他不知道現在這狀況到底嚴不嚴重。這時，口袋裡的手機又開始響了。

他心一橫，轉身上車發動。從後照鏡看著那個身影變得越來越小，他不斷默念著：對不起，我真的趕時間，晚一點再過來看你。

／

試完禮服已是傍晚。晚餐結束後，他先送她回家，再繞來工廠前。路燈如常照映大路，但貓已經不見蹤影。也許牠只是撞暈，休息一下就自己跑走了吧。他這樣告訴自己，內心卻隱隱然不安。回家後在網路查了許多文章，有人說，路上撞到貓狗如果沒有好好處理，接下來會走衰運。

深夜，忍不住跟她說了這件事。向來愛小動物的她非常震驚，隔天就要他開車帶她過去現場，兩人站在路邊祈禱了好一陣子。

／

婚禮籌備持續進行，他們忙著討論賓客名單、排座位和兩邊長輩交涉談判。很快，他就將這個意外放下了。衰運只是迷信，沒什麼好擔心的。只是越接近婚禮，越常看到她盯著窗外發呆，要不就是蜷縮在沙發上睡著。也許準備工作真的太累了，典禮結束後再好好帶她去度個假吧，他想。

新婚第一晚，他們疲憊地送走所有客人。終於輪流洗完澡，並肩躺在新買的大床上。

「為什麼？」她突然打破沉默。

什麼為什麼？他聽不懂。

「為什麼那時候沒救我？」

他倏地轉頭看她。

她的眼神冷靜晶亮，如此熟悉。

自由

過了好幾天，她才相信這一切是真的。

還記得那天晚上，他醉醺醺回到家，一進門就吐在地上。她氣得抓狂大罵，卻換來他坦白吐實。原來，他那在外面的女友，兩年來一直藕斷絲連，這週還驗出孩子了。

他在沙發上睡著以後，她流了一整夜的淚。早知如此，當初為什麼要捨棄家人和工作，跟著他來到這個陌生的都市生活呢？胡思亂想中，她也沉沉睡著了。

清晨，睜開眼睛，卻發現床鋪右邊竟然出現一隻黑貓。

黑貓懶洋洋地伸了懶腰，無賴神情跟他一模一樣。

「是你嗎？」她叫了他的名字，黑貓回了一聲喵。

她想，不會吧，難道我還在夢裡？但是打開手機，螢幕上確確實實顯示著日期和時間。還有一通來自母親的未讀訊息，問他們這週末會不會回家吃飯。走出臥室，到處不見他的蹤影，皮包、手機還在桌上，鞋子也在。她編了一個理由拒絕母親，一邊想著，現在怎麼辦？

沒有答案，只能繼續活下去。

她忙著張羅貓的吃食、採買用品，上網搜尋各種養貓資訊，倒也是忙得很有滋味。貓不會說話，但是得乖乖聽她說話，而且不論何時總是在家。什麼時候放飯、每天能吃多少，通通由她決定。很偶爾的偶爾，貓還會趴上大腿撒撒嬌。後來，她停了每週的英文會話課，也不再和朋友出去了。

直到某天，她發現自己開始出現過敏反應，而且一天比一天嚴重。二十四小時開著空氣清淨機、每天早晚吸地還是沒用，醫生警告她，再這樣下去很可能要住院治療。

她想了好幾夜，終於下定決心把貓送養。

黑貓被帶走的時候，她哭得好傷心。不明所以的收養人有點尷尬，只好拍拍她，安慰說會多傳一點照片過來。

倒是貓，安安靜靜窩在籠子裡，表現出前所未有的乖巧。

女神的早餐

其實她都知道，大家總是在背後笑她愛修圖。

第一次見面的客戶會悄悄比對她在通訊軟體上的大頭照，再客氣地說，哎呀本人更漂亮。要是跟認識多年的朋友聚餐，他們則會起鬨讓她拍照修圖，再看著成品笑說，只要跟她在一起，人人都會凍齡。無所謂，她不在乎其他人。她覺得自己這樣很好。

如果那天沒有遇見他，她可能至今無法體會修圖的美好。從這個角度想，倒是要感謝他。

／

那個早上，颱風剛走。她隨便套了一件鬆垮的連帽上衣搭牛仔褲，戴上口罩、抓了一把傘，就素顏出門買早餐了。放晴的街頭像大病初癒，還懶懶散散的。便利商店的店員忙著清掃門口的落葉和泥濘，櫃檯空無一人。

她站在冷藏櫃前端詳每一顆三角飯糰，肉鬆、鮪魚、雞肉飯，通通是今天晚上就要過期。當初確實是為了想要不經意創造跟他的重逢，才咬牙搬到這個租金高貴、每個居民看起來都踐得要命的住宅區。以為自己還有機會重新掌握人生，沒想到都搬來半年，最後還是只吃得起便利商店的飯糰。不過這裡的生活環境倒是真的不錯，至少對別人說出口時，總是能獲得一陣驚嘆。「女神就是女神，連住的地方都這麼仙氣。」大家會這麼說。

如果當初他開口時，她沒有故作姿態，昨晚可能就不是一個人躲颱風了。但為什麼，那時他沒發現她的口是心非呢？

挑著飲料，突然，她在冷藏櫃的倒影中，發現雜誌架旁竟然是一個再熟悉不過的身影。

天啊，等了這麼久，她總算獲得第二次機會。再不好好把握，就太辜負老天的旨意了。

她緩緩走近，不知該不該先開口。由她出聲，未免太降低格調，一個女神，應該要優雅站在那，等他用讚嘆的眼神凝視的。

「大姊不好意思，可以借過一下嗎？」這聲音讓她全身肌肉瞬間緊繃。她順從地往旁邊挪了挪身軀，腳步卻非常沉重，就像是在一場異常真實的噩夢中。來不及跑，後面的惡狗就要咬上來了。

她偷偷瞄了一下，確實是他。他牽著一個小男孩，棒球帽下還是那張乾淨的臉。男人真好啊，隨著年紀增長，只會越來越有味道，現在倒是比以前更好看了。

他離開十分鐘後，她才敢走出便利商店。捧著早已退回常溫的飯糰，她用另一隻手拿起手機，在樹影下迎著陽光自拍。臉蛋可以修圖，不要拍到身體就好。美顏一下，她還可以是女神的。

然後總有一天，他會忍不住先來找她的。總有那麼一天。

逃

聽到里長宣布整棟大樓要就地隔離的消息，她簡直要哭出來了。和他關在一起的這幾天，已經讓她逼近崩潰邊緣。

兩個月前，她先開始放無薪假，因此理所當然負起準備三餐和洗衣打掃等家務的責任。以前每天忙著工作，就算偶爾在家晚餐，多半也是買便當解決。能夠像這樣自己上市場挑選漂亮的蔬果魚肉，決定今天的菜單，再看他全部吃光，確實是難得的經驗。好好生活，還是需要有閒又有錢才能辦到。

是的，現在家裡的經濟來源全都靠他。幸虧他幾年前換了公司，現在非但沒被疫情拖累，反而業績比以往更好。老闆樂得廣招新人，還給老員工發了獎金。他溫柔安慰她：現在大環境不好，你就安心在家吧，能夠每天吃到你做的菜，我覺得比以前更幸福。

說實在話，她不是那麼喜歡原本的工作，或者該說，如果可以待在家裡做個甜美小妻子，又有什麼不好呢？她知道自己沒有什麼遠大的目標，因此也就這樣安安穩穩地過起主婦生活了。不過，她不知道的是，主婦生活確實在過，但是安穩，就很難說了。

／

大概是她開始放假後的一個月，他們出現了摩擦。他並非傳統大男人性格，過往也會倒個垃圾、拖拖地，但也許是因為這陣子被上司逼得太緊，日常瑣事又更不放在心上了。喝完的啤酒杯丟在水槽裡久久不洗，用過的紙巾扔得到處都是。某天一忙，連浴巾也捲成一團丟在房間角落，等她發現的時候，毛巾都散發霉味了。

她漸漸覺得疲倦，忍不住想，主婦這件事是不是終究是個錯誤。母親年輕時是職業婦女，老是告訴她，女人一定要經濟獨立才會快樂。也許母親是對的。

／

這天晚餐結束後，她收拾了碗盤，準備清洗。今天煮了他愛的水煮牛，鍋子特別油。好不容易解決了水槽裡的鍋碗瓢盆，再把手洗得乾乾淨淨。回到餐桌旁，正想喝一口茶，沒想到竟然還有一個遺漏的餐盤，像是嘲笑她一般躺在桌上。

收拾餐桌是他僅需負責的幾項家事，為什麼不能多用一點心？而這時的他，已經回到書房繼續下半場的工作了。

她鐵著臉走進書房說，你少收一個盤子。

他眼睛盯著電腦，看也沒看她一眼說，對不起漏掉了。她氣極了，開始叨叨絮絮說起自己一整天的忙碌。剛開始，他一聲也不吭安靜聽著，最後終於從桌前站起身咆哮。激動之下，抓起馬克杯用力往桌上摔，捏住一片碎片，瞬間手上滿是鮮血。第一次離暴力這麼近，她嚇得尖叫，在驚恐和憤恨之下衝出書房，直覺反應之下，把門從外面鎖上了。

回過神來，他才知道自己被關在這個小空間。先是連續幾個小時的怒吼和敲打，到了深夜，房間裡的聲音變成奇異的哭泣，偶爾夾雜著惡毒的詛咒。後來，就漸漸聽不到了。

她坐在餐桌旁，望著那扇門。好想離開這裡，回娘家一陣子。只是剛剛手機裡收到里長的訊息，說是所有住戶都必須待在家裡，直到採檢完畢。

一隻小黑蟲圍著那個餐盤飛呀飛的，明明都已經每天打掃了，家裡怎麼還會有果蠅，真的很討厭。她不知道該怎麼做，只能看著那隻昆蟲繼續表演。

阿蒂

真要說的話，在學校教書是他人生中第一快樂的時光。第二快樂，就是阿蒂還在家裡的時候了。

妻失智後，小女兒透過關係，好不容易找到阿蒂。阿蒂四十出頭，來台灣工作十幾年，之前在一個有錢人家幫忙，很有經驗，中文也還可以。女兒整理出一個小房間給她，交代了妻的用藥和生活習慣，就趕去接小孩了。第一天來，阿蒂用冰箱剩下的食材煮了三碗清爽的雞湯麵做晚餐。他心想，這孩子還真不錯，比兩個女兒都能幹呢。

配合他和妻的作息，阿蒂每天早上五點半起床準備早餐，接著外出買菜、煮中餐、整理家務。傍晚，阿蒂會帶他和妻到捷運旁的公園散步。相對於他，妻才是家裡的指揮官，因此生病後讓他手足無措。多了一個外來者，生活反而回到原來的樣子。什麼時候該吃飯，什麼時候該洗澡睡覺，聽阿蒂的就好了。

其實他問過阿蒂真正的名字，她也笑著說過好幾次。但他永遠記不起來，乾脆還是叫她阿蒂。

某天，一個以前教過的研究生來探望，還帶了一張他愛的古典黑膠。他樂極了，叫阿蒂一起來聽，她看起來也不覺得無聊。學生的來訪讓他想起過去。他在私立大學教日本文學，因為個性溫和、從不當人，考試前還會先圈出必考題，每一年，教室總是坐得滿滿的。其他老師偶爾會開玩笑說他是老紳士、老好人，稍微嚴謹一點的老師則會私下批評他讓學生素質越來越低落。不過沒關係吧，他覺得那些同事也未免太嚴肅了。

偶爾興致一來，他也翻出教材，讀給妻和阿蒂聽。宮澤賢治的短篇特別適合單調的下午。有時讀著讀著，他們睡著了，阿蒂就會悄悄離開客廳，回房間滑手機。

在妻的公祭上，阿蒂哭得比誰都難過。他是哭不出來了，滿腦子想，接下來一個人該怎麼辦？

他沒有煩惱太久。中風的那個傍晚，剛好兒子全家回來，緊急把他送去醫院。命是撿回來了，但右邊手腳已經不聽使喚，話也說不清楚。他覺得自己被困在名為身體的牢籠裡，活在世上根本是妨害市容。唯一慶幸的是沒讓妻看到他這個模樣，太丟臉了。

一個晴朗的下午，女兒新請的看護推他出門散步。才走到公園轉角，竟然看見阿蒂。兩個女孩在樹蔭下熱情地聊起天來，原來，看護的世界也不大。聊了好一陣子，阿蒂低頭才發現輪椅裡是他。她興奮說：「阿公，你還記得我嗎？」

他好開心，想好好講幾句話，卻支支吾吾說不出完整句子。「我……」正要擠出下一個字，力氣卻跑錯方向，清楚無疑地放了一個響屁。

他非常懊惱，這是他一生做過最失禮的事了。

她和她的金牛男

多年以後，當她成了粉絲口中的老師，每週日晚上分享星座運勢時，她還是會想起那個金牛座的男子。

年輕一點時，她有一個壞習慣，越是在意的人，越要離得遠遠的。也因如此，明明當時已經跟他做了一年多的同事，在公司裡碰了面，依舊不敢主動打聲招呼。一週一次的跨部門會議，不是隔著大長桌坐在對角線，就是趁著人多，搬張椅子躲在他身後窺視，怎麼樣就是無法坐到他身邊，自然地放下電腦和水杯。

雖然沒說過幾句話，但對他還是有一些基本認識，比方說，公司的內網就提供了一些資訊。她在裡頭查到了他的生日和出生地，另外還在全公司的討論區裡找到他的發文，只可惜數量不是太多。一篇是回覆老闆生日祝賀，一篇是邀請大家測試產品的新功能，其他的就是一些回覆團購、部門聚餐的文章，沒有太大參考價值。話少、低調這一點，倒是很符合他金牛座的個性。

是的，知道他的生日後，金牛座就成為她生命裡的關鍵字。還記得那天，她壓抑著興奮情緒，手心微微冒汗在電腦裡輸入「金牛男」。一個按鍵下去後，遼闊天地悠悠展開——金牛男喜歡的類型、如何知道金牛男喜歡你、與金牛男相處的十個秘訣，她的瀏覽紀錄從此充滿以金牛男排列組合而成的網頁，這是她每天的精神食糧。

他的社群頁面，當然也是看過的。但除了基本的學經歷，幾乎什麼也沒放，就連大頭照都是五年前上傳的。那也沒關係，想要了解一個人，其實不需要太多資訊。

／

為了方便查找，她乾脆建了一個金牛男社群，把蒐集到的內容放上來，偶爾也會寫一些自己的觀察和歸納。沒想到某一天，她的一篇貼文被網路名人分享，追蹤者數量瞬間暴增。後來，竟然也有人開始留言稱她為「老師」了。

於是，空閒之餘，她開始認真研究起星座。也許她確實有一些天分，寫著寫

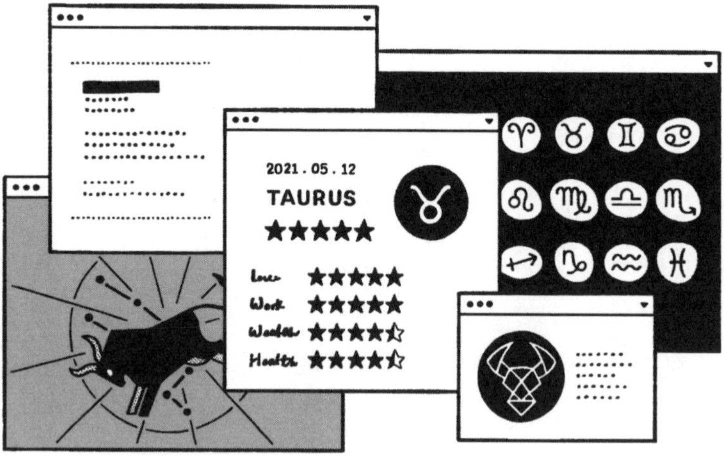
2021 . 05 . 12
TAURUS

著，就這樣成為了小有名氣的星座老師。

她依然單身，幾年前離開了那家公司，但是每次只要談到金牛座，還是會給予特別多的關愛。她的偏心，只要是老粉絲都知道。然後每週，她會穿上金牛當週的幸運顏色出門。也許某一天，他們會在一間咖啡店巧遇，那時候他就會明白，她一直愛著他。至少她是這麼想的。

約定

接到嫂嫂的電話時，第一時間她想：不會吧，又來了。聽到最後，才知道哥哥這次真的不妙。

／

國二那年，媽媽過世，家裡就剩她跟大她四歲的哥哥。從小，哥哥就是大家的焦點，不僅享盡長輩疼愛，到了學校也一天到晚收到班上同學送的小點心。但只有她知道，其實哥哥不愛甜食。那些深夜裡費盡心思做的餅乾和蛋糕，最後都是進到她的肚子裡。

哥哥會幫她準備便當、載她上學，每個禮拜還給零用錢。哥哥什麼都好，就是說話不算話這點總讓她聯想起人間蒸發的父親，實在受不了。

哥哥的第一個女朋友是系上學姊，交往三年，約會他一定遲到。後來，每到週末，學姊都會帶一塊她喜歡的檸檬派，然後跟她一起坐在客廳看電視。她們會一邊分食，一邊等哥哥起床梳洗。

學姊也不是完全沒有脾氣，有一次，公寓鐵門一關上，她就聽到樓梯間傳來吵架的聲音。那時她正和班上同學曖昧，對方不明不白的態度老是讓她心情起伏不定。她想，學姊應該也很痛苦吧。果然某一天，忍到極限的學姊總算提出分手，她再也吃不到酸酸甜甜的手作檸檬派了。

／

出了社會、她搬出去住，哥哥的個性還是沒什麼改變。說好要在外婆家集合拜拜，他就是會在最後一秒說來不了，當然，約會還是一天到晚遲到。不過，這種傢伙也是遇得到治得住他的人。前年端午節，哥哥找了女朋友來家裡，親口對她說：我要結婚了。嫂嫂看起來是個好人，她從未如此開心。

偶爾，嫂嫂會偷偷跟她抱怨。內容不外乎是說好連假要全家一起出門，他卻忘記了，或是每年都說要補度蜜月，卻永遠有新的藉口去不了。她知道是哥哥不對，但還是免不了有些厭煩。後來有時候，她乾脆不接電話了。

只是還好，那天深夜的電話，她接了起來。趕到醫院，哥哥已經沒了呼吸。誰知道，這次竟然是真的了。

她打起精神幫嫂嫂處理後事，沒想到就這麼巧，禮儀公司的業務是哥哥的大學同學，以前來過家裡好幾次。一切結束之後，他要了她的臉書。

哥哥老是開玩笑，一定會找個比他更好的人照顧她。這最後的約定，竟然是兌現了。

第三人生

一邊看著晚間新聞的地震快報，他們又開始討論起後事。

幾年前，七十歲的父親猝逝，她和三個姊姊為了處理遺留下的財產鬧得不太愉快。從此對她來說，死亡這件事又加深了一層恐懼。還好他們就只有一對兒女，錢的問題相對單純，比較麻煩的，反而是他倆死後的安身之處。這一題，他們老是找不到共識。

她記得，剛開始交往時也曾聊過這個話題，那時候倒是簡單許多。第一次一起睡覺那天，他在枕頭上陳述自己的想像。他說，聽說瑞典的風景極美，希望蒼老之前可以存夠錢，和她一起看著美麗的山景，沉沉睡去。她非常感動，忍不住翻過身緊緊抱住他。沉浸在愛裡的戀人總是這樣，不能同生，至少要能共死。畢竟那時她還不知道，結婚多年之後，別說共死了，每天都有各種理由讓她想逃離對方。

今天晚上的地震來得快又猛，把他滿櫃的藏酒震了一地。餐廳瀰漫著濃濃的紅酒味，他蹲在地上忙著擦拭，她覺得頭有點暈。早要他不要買那麼多支酒擺在家裡，他就是不聽。

「等我死了，記得幫我申請花葬，我要葬在陽明山上。」她一邊盯著他的背影，一邊說著。

「唉呀，又來了，現在講這個幹麼。」雖然了解她的脾性，他還是忍不住回嘴。砸了那麼多瓶酒，真捨不得。

「早一點跟你講啊，省得之後麻煩。」

「誰知道我會不會比你早死。而且你要是真的替小孩省麻煩，為什麼不一起放在靈骨塔，他們掃墓也比較方便。」

「我才不要跟你放在同一個地方。」她說，這輩子作牛作馬還不夠嗎，難道死了還要幫你煮飯打掃啊？

每次吵架就會變這樣，他嘆了一口氣。自己為了這個家付出也不少吧，怎麼搞得好像都是他的錯。

這時，突然又地震了。這次連站著也能感受到地板正在跳動，比剛才還嚇人。她尖叫著跑到餐桌旁蹲下，抓住他的手臂。他雖然一聲不吭，但也嚇出滿身冷汗。幼年時期，家裡被震垮的情景到現在還常常出現在噩夢中，從來沒有褪色過。

「剛剛這個應該有三級吧，怎麼覺得比第一次還大。」地震平息後，他一邊碎念，一邊轉台找地震新聞。她拿起手機，打了一通電話給女兒，叮嚀她回家時順便買一些蔬果。

死亡比想像還近，也比想像還遠。總之這天晚上，他們再也沒討論剛才的話題了。

很高興認識你

這是他獨居生活的第四年。

父親過世沒多久，阿姨就離家出走，過一陣子，乾脆連他的電話也不接了。他一個人住在父親的舊公寓裡，每天吃便利商店微波便當，看著日升日落。

如果當初沒有為了父親辭職，現在的生活會不會不一樣？偶爾他還是會這麼想。父親剛生病的時候，阿姨每天在醫院陪，他則負責工作賺錢。剛開始這個模式還算順利，但隨著父親病情惡化，脾氣越來越差，老是被罵哭的阿姨不願意再去醫院。在找不到合適的看護之下，最後，他乾脆辭了工作，專心照顧父親。

他想，工程師是熱門職缺，再找應該不難。殊不知父親的病磨了五年，他老了，僅會的技能也早就過時，公司甚至已經縮減他那條產品線了。看著同期同事一個個升上中階主管，他卻在比賽最關鍵的時刻退場。「你現在回來，只會給大家增加不必要的麻煩。」他雖然不擅長社交，倒也還聽得懂前主管電話裡的弦外之音。

幸好父親生前節儉，留了一間房子，也有一筆不少的遺產。他把一部分的錢投到股市賺短線價差，從現在起，就算不上班，日子也過得去。人活著不過就是吃飯、喝水，有個地方可以睡覺，真的沒有那麼難。

比較難的是那些夜晚。有時候，他好想找人說話，說說下了一整天的雨有多讓人心煩，有時候，只是慾望需要平息。對於一個單身男子來說，三房兩廳還是太大了。某天，聽著影片裡的呻吟聲又在空蕩蕩的房子裡迴盪，他忍不住乾笑出來。

他把公寓賣了，租了一間有電梯的小套房。雖然這樣對房東有點不好意思，但至少哪天死了，還有人會發現。

／

這間房子很新，牆壁看來剛油漆過，浴室的乾濕分離應該也完工不久。明明在靜謐的住宅區裡，租金竟特別便宜。房東太太說，前一個房客是男大學生，上個月剛搬離。像他這樣沒有正職工作的中年獨居男子，竟然能租到這麼好的房子，對此他萬分感激。

陽台上，有一株小小的水耕黃金葛，細長的根泡在透明玻璃罐裡，陽光下閃閃發亮。這應該是那個學生的吧，不知道為什麼忘了帶走。他把黃金葛拿到床頭，互相做伴，固定在每個禮拜天早晨換上新鮮的自來水。對他這種人來說，植物就是最好的室友。

說也奇怪，搬來這裡之後，他覺得心情開朗不少，神奇的是，連每天股票的收益也成長很多。這真是一間幸運的房子，他想。

／

農曆年前，他突然收到一盒快遞送來的日本進口蘋果。收件人是他，但是沒有寄件資料。他想不透到底是誰寄的。是阿姨嗎？不可能吧，她躲我都來不及了。以前工作的同事？也不太可能，他的人緣沒有好到會有人特地寄東西來，再說，也沒人知道他住這裡。難道是房東？他傳了簡訊問，也說沒有。

猜了半天，他乾脆打去快遞公司。對方給了一個聯絡電話，說是李先生。接通之後，對方沉默了幾秒說：是我弟弟託我送的，他說，一個人住要多注意身體。然後掛了電話。

他好像慢慢想通了一點什麼，但並不覺得害怕。

兩天後的半夜，他看完這天的美股，準備睡了。換了T恤和棉質短褲，仰躺在單人床上，他微微瞇上眼睛。恍惚之間，突然覺得右邊臉頰冰涼涼的，似乎有風吹過。他下意識想睜眼，卻覺得眼皮好重，手腳也動彈不得。只聽到耳邊有一個男聲輕輕說：謝謝你幫我照顧它。

不客氣，他在心裡說，很高興能認識你。然後，就沉沉睡著了。

陪你一段

才下飛機，他就被計程車載來這間旅館。病毒流行的非常時期，每個外地回來的都得集中隔離。因此，他還沒機會看看久違的街道，就被送進八坪大的房間裡。

雖然不如家裡，但該有的都有，還算舒適，只可惜不能打開窗戶呼吸新鮮空氣。他和老婆、女兒視訊報平安，再把行李箱裡的睡衣拿出來換上後，就不知道該做什麼了。他向來是喜好交際的人，在異國城市工作的日子，一個晚上連續跑個三場飯局也樂在其中。對他來說，獨自關在密閉空間裡，根本比疾病還讓人恐慌。

留在分公司的老楊知道他順利入住後，也傳了訊息過來。討論完公事，老楊傳了一個影片連結說：要適度紓壓，忍耐過頭會傷身的。不用點開，他也知道是什麼。一起在國外廝混兩年，該去的、不該去的地方都一起經歷了，沒有人比他了解老楊，也沒有人比老楊更了解他。尤其在那件事之後，他們的命運已經綁在一起。

／

半年前的那天，他們找了當地廠商的窗口一起吃飯。那女孩五官清秀、身形漂亮，之前在合作會議上見了一次之後，他和老楊就念念不忘。這次趁著開案，終於有正當理由約她吃飯。他們找了城市裡最高檔的空中泳池酒吧，就在五星飯店的頂樓。燈光閃爍，光看都醉了。

他不知道女孩是否明白這頓飯局的用意，不過，既然她都願意穿那麼貼身的小洋裝來，應該知道做生意的道理。想要得到，就要付出，等價交換再合理不過了。喝完第一輪，女孩的主管藉口家裡有事，叫輛車就離開了。他看見女孩露出遲疑神情，於是滑出手機裡的照片，介紹起遠方的妻小。老婆是貿易公司親戚介紹的，孩子出生後就沒再工作了。女兒剛上幼稚園，是最可愛的年紀。每次要關掉視訊電話都會嚎啕大哭問，爸爸什麼時候才要回來？

老楊笑著虧他：唉唷，是不是想家啦。

她像是鬆了一口氣，繼續神采奕奕跟他們笑鬧聊天。直到午夜，他趁著酒意將手搭上她的腰。

其實這不是他第一次這樣搞。離家這麼遠，誰都會寂寞，不影響家庭生活就好。他認為，自己的優點就是公私分明，這可不是很多人能做到的。

不過他跟老楊都沒想到，那女孩和之前的都不同。隔沒多久，他們就接到女孩主管悲傷的信件，說明了交接窗口。他不敢多問，用公司名義準備了一對花籃送給女孩的家人。

／

隔離的第一天順利度過，不過到了第二天傍晚，他就不由自主地焦躁起來。他一向討厭傍晚，這讓人感覺被世界遺棄。現在只想大力敲破那扇氣密窗，放肆深吸一口氣。再這樣下去絕對會發瘋的。

突然間，他聽見右邊牆壁傳來一陣輕快的音樂，還有一個女人唱和著，歌聲好柔。那是他剛離開的那座城市現下最流行的歌，隔壁房客也是從那裡來的嗎？聽著聽著，他似乎也沒那麼難受了。音樂結束後，他在牆壁上敲了三下。貼著牆，用那裡的語言說：唱得很好聽。

一陣沉默。該不會對方以為他在抗議太吵吧？弄巧成拙了，真糟糕。

隔了大約五秒，竟然聽到隔壁回敲了三聲。他好開心，這種環境下能遇到同伴真好。

接下來幾天，每到傍晚，隔壁都會傳來歌聲。他逕自想像起女人的樣貌，希望隔離結束後，還有機會認識她。

／

兩個星期的閉關終於結束，他拖著行李，來到飯店大廳櫃檯。

梳著整齊包頭的小姐動作俐落辦理退房，順道拿了一張滿意度調查表讓他填寫。他勾完問卷後，突然想起那個歌聲，忍不住問，七〇九號房也退房了嗎？看著小姐露出了疑惑的表情，他又補上一句：就是我隔壁，最靠近防火梯那間。

喔，那一間啊？那裡好一陣子沒住人，現在都鎖著喔。小姐笑瞇瞇地說：希望很快有機會再為您服務。

倒數第二個鬼故事

作為一個郊區小鎮的髮型設計師，他的生意算是挺不錯的。幾年前離開市區的連鎖髮廊後，他便回到家鄉租了一個一樓小店面，獨立開業。說來慚愧，但他也清楚明白，自己的強項並不是多高超的剪髮技術，而是那張笨拙的嘴。

他書讀得不多，腦袋裡的字彙太少，常常搜尋不到適當的形容詞來表達自己。但也許就是那種近乎誠懇的態度，以及在都市長期磨練出來的察言觀色技能，讓這附近的婦女十分安心。口耳相傳之下，他的小店漸漸成為小鎮裡最受歡迎的髮廊。

除了和客人聊時事、聊家庭，他的獨門活其實是向第一次來店裡的客人說鬼故事。

很有趣，不論哪個年紀的女人，遇到說鬼故事的人總會不自覺卸下心防。他特別喜歡她們專心聆聽的表情，不管是好奇、恐懼、半信半疑或是不以為然，至少她們會專心聽到最後一刻。然後，如果沒有意外，接下來她們就會變成店裡的常客了。

而他的故事永遠是同一個，那個發生在國小二年級暑假的奇妙事件。

／

那天下午，母親帶著他、姊姊和小三歲的弟弟去附近的室外游泳池消耗精力。母親領著姊姊去更衣室換泳衣，要他負責照顧弟弟。

颱風剛過，管理員還忙著撈樹葉，游泳池裡一個人也沒有。或許因為出門前的那杯可樂太過冰涼，他顧不得弟弟就跑進廁所拉肚子。出了廁所，才發現更衣室裡空空蕩蕩，沒半個人。

他換好泳褲、戴上泳帽和蛙鏡就跳下泳池，沁涼的池水舒緩了剛剛的腸胃躁動。這時，他發現池底蹲著一個戴著鮮黃色泳帽和蛙鏡的小男孩，向自己揮手咧嘴笑。他以為是弟弟，也朝那揮揮手。

正要游過去時，卻聽到母親大聲叫喚。他浮出水面，看見母親牽著弟弟的手，站在池邊。再深吸一口氣潛入水中，小男孩已不見蹤影。

不論他怎麼描繪，沒有人相信他看見了什麼。那天晚上，他開始在夢裡見到那個小男孩，醒來就發現自己尿床了。那羞恥的氣味，一直跟著他到國中搬家後才停止。

／

第一次和前妻約會時，他也說了這個故事。當然，情節在尿床前就結束了。「幹——真的假的啦！」聽完後，她又興奮又害怕地捶了他一下，當天就跟他回租屋處過夜了。

和他不同，前妻個性大刺刺又愛熱鬧，下班後，總是約著各式各樣不知道在哪裡認識的朋友到處玩。若不是剛好在同一個髮廊工作，也許他們一輩子都不會相識。因為差異而生的激情，經過時間沉澱後，才知道只是一場誤會。

真的是婚姻，假的是愛情。離婚後他想，這應該是此生遇見的最後一個鬼故事了。

／

那女孩走進店裡染髮之前，他已經看過她很多次。應該是上個月才搬來附近社區的住戶，大概剛出社會吧，臉上總是清清淡淡的，偶爾才看她點個唇膏。

這天正好助理請假，他於是自己調了咖啡色的染料，仔仔細細地鋪上她的頭髮。

染髮的時間很長，聊完了附近新開的咖啡店和即將到來的溫泉季後，他終於熟練地說起那個故事。女孩從鏡子裡安靜盯著他，並沒有太明顯的反應。

故事結束後，他笑著問：「誒，你是不是不相信我說的？」

「不會啊。」女孩說：「你說的小男生，就是現在站你旁邊那個吧？」

他嚥下口水，望著鏡子裡的自己和女孩，鼻腔突然又傳來那股熟悉的尿騷味。

在夢中相會吧

年輕時，她就常常失眠。丈夫還在的時候，每晚她總得吞一顆安眠藥才能入睡，偶爾半夜醒來也得小心翼翼，深怕一翻身就吵醒淺眠的他。兩年前他離開後，獨居的她終於獲得了睡眠自由。想睡就睡，該醒就醒，剩餘的藥就留在床頭。

她的夢也是從那時開始變多的。有時會夢到女兒小時候調皮的模樣，醒來之後，她會給遠在美國的孩子發封訊息。也曾夢到和丈夫約會，帶著久違的親密感甦醒。

那一夜，她隨意看完電視後上床。恍惚之中，發現自己坐在春光明媚的大草原，一個陌生男孩伴在身邊。他溫柔無比地凝視她，輕輕撥了她的頭髮，再拉她靠在肩上。她沒有反抗，覺得全身都熱了起來。

貪戀美夢的滋味，她難得賴床到中午，洗漱之後，乾脆去對街的自助餐夾菜。

正午時分，店裡坐滿人，牆上電視是播著午間新聞。女主播以高昂聲音播報最新消息：日本當紅青年鋼琴家半年後將來台演出，他以演奏蕭邦聞名，俊俏外型吸引一大票熟女粉絲，被稱為新生代鋼琴王子。

她好奇抬頭一看，卻不由得瞪大眼睛。怎麼會有這種事，這不就是夢裡那個男孩？境有紀，她輸入手機搜尋欄，認真讀起他的每一則新聞，連免費贈送的紫菜蛋花湯涼了也不知道。

／

後來，她每隔幾天就夢見他。

他會做一道道美味的日式家常料理，在夢裡彈浪漫的鋼琴曲給她聽。有時候，他會輕輕褪下她的衣裳，無限愛憐地親吻每一吋肌膚，那滋味超乎她所有的人生經驗。啊，有紀君——她常常在忘我的高潮中醒來，忍不住再閉上眼睛回味。

她開始聽蕭邦、學日文，語言不通是個大問題，但她會積極解決。這是命中注定的緣分。

／

有紀君來的那一天，她頂著剛燙染完的頭髮到機場等待。鋼琴王子的魅力驚人，儘管提早兩個小時，大廳已經出現一群粉絲。她看著隔壁女人的手拿板，懊悔自己準備不夠齊全，人這麼多，有紀君看得到她嗎？

飛機延誤一小時，終於，王子在工作人員和保全簇擁下出關，現場一陣躁動。眼看自己就要被其他粉絲淹沒，她顧不得一身新衣，奮力推開左右兩邊的人，往有紀君跑去。

「有紀君，你終於來了——」她一把抱住他，用練習了好久的日文說出這句話後，不自覺嚎啕大哭。腿一軟竟跌在地上。

斯文的王子嚇壞了，驚愕倒退好幾步。眼淚都還沒止住，她已經被兩個保全牢牢架住，一旁守候的攝影機則粗魯對準她的臉猛拍。

當天晚上，每節晚間新聞結束之前，都播了這一條消息。「瘋狂大媽粉絲熊抱鋼琴王子！」網路也出現各式各樣的惡搞剪輯影片和梗圖，也許明天，她常看的談話節目就會討論這個題目了。

女兒氣急敗壞打網路電話過來，問她到底在發什麼瘋。丟臉死了，連華人社群都在傳了。

一定是因為今天人太多，有紀君害羞了啦，她滿腹委屈，不知從何解釋。

只好拉開床頭抽屜，拿出珍藏的安眠藥。剝下一顆後，她想了想，又再多剝了幾顆。

有紀君，沒關係。今晚，讓我們在夢中相會吧。

後記

還在媒體工作的時候，常需要採訪各式各樣的創業者。每一次我們都會問：當初為什麼做這件事？習慣受訪的人會說出一個合理又感人的故事，但也有一些人會說，一開始根本沒想那麼多。以前我很怕遇到後者，現在我才知道，他們說的是真的，以及我的提問有多愚蠢。

「如果在網路上寫一些奇怪的愛情故事，應該會有人想看吧？」兩年前的夏天，離職前夕、無所事事的我，就在這麼簡單的想法驅動之下，開了一個粉絲專頁，訂好每週三發文。沒想過出書，更不是為了出名接業配，單純就是上班沒事幹，想找件事來玩。

於是二〇一九年七月九日，「涼家婦女」正式點燈營業。對我來說，這像是一個虛擬深夜小酒館，每週準備一道餐點供人品嘗。我說得開心，你隨意聽聽。如果彼此都能從中獲得樂趣，那就再好不過了。

後來我開始收到一些私訊，有的來自久未聯繫的朋友，有的是陌生讀者。她們（大多數是女性）的到來毫無預兆，總是丟出一句「我想分享一件事」，便靜靜說起故事。那些坦誠表白的時刻讓我感激又羞愧，感激是因為她們的信任，羞愧是覺得自己對世界的認識永遠太少。

因此，這些故事有些來自我和朋友的經歷，有的是陌生讀者分享，當然也有些純屬虛構。沒寫過小說的我，為了不讓真實人物被指認出來，於是將情節增增減減，揉捏出每個角色。剛開始不知道自己在做什麼，直到有讀者問「後來怎麼了？」，我才知道，有人當真了，原來我也可以寫小說了。而能夠像這樣說故事給人聽，是一件多麼美妙的事情。

本書得以出版，首先要感謝中央社張瑞昌社長的鼓勵，也要感謝印刻初安民社長、江一鯉副總編輯的青睞，更謝謝一路以來提供諸多協助的宋敏菁編輯，謝謝您們給一個素人機會。還有本書推薦人吳曉樂小姐、鄧九雲小姐、雪奈小姐、黃繭小姐，謝謝您們替素昧平生的我留下珍貴話語。

謝謝數位時代，這是我的文字工作的開端。謝謝素蘭給我一段夢幻旅程，謝謝惠芬一直鼓勵我創作。謝謝竹馨、孟湘、忍翾、尹寧、怡娟、曉君、馨儀的支持和建議，謝謝又津，閉關時看著你的字數不斷推進，讓我也鬥志滿滿。謝謝爸爸、媽媽、姑姑和每一位家人，謝謝你們的愛。謝謝靈魂伴侶，一切盡在不言中，謝謝貓咪水水和水哥的陪伴。

謝謝每一位讀者，有你們才有這本書。最後要謝謝網路，這真是超級偉大的發明。

文學叢書 661

涼家婦女

作　　者　顏理謙
內文繪圖　何昀芳
總 編 輯　初安民
責任編輯　宋敏菁
美術編輯　黃昶憲
校　　對　吳美滿　顏理謙　宋敏菁

發 行 人　張書銘
出　　版　INK 印刻文學生活雜誌出版股份有限公司
新北市中和區建一路 249 號 8 樓
電話：02-22281626
傳真：02-22281598
e-mail：ink.book@msa.hinet.net
網　　址　舒讀網 http：//www.inksudu.com.tw

法律顧問　巨鼎博達法律事務所
施竣中律師
總 代 理　成陽出版股份有限公司
電話：03-3589000（代表號）
傳真：03-3556521
郵政劃撥　19785090　印刻文學生活雜誌出版股份有限公司
印　　刷　海王印刷事業股份有限公司

港澳總經銷　泛華發行代理有限公司
地　　址　香港新界將軍澳工業邨駿昌街 7 號 2 樓
電　　話　852-27982220
傳　　真　852-27965471
網　　址　www.gccd.com.hk

出版日期　2021 年 9 月　初版
ISBN　978-986-387-470-6
定　價　350 元

國家圖書館出版品預行編目資料

涼家婦女／顏理謙 著
--初版, 新北市中和區： INK印刻文學, 2021.09
面；14.8 × 21公分.（文學叢書；661）
ISBN 978-986-387-470-6（平裝）

863.57　110013049